화승총을 가진 사나이

화승총을
가진 사나이

초판 1쇄 인쇄 | 2022년 1월 06일
초판 1쇄 발행 | 2022년 1월 13일

지은이 | 박해로
펴낸이 | 박영욱
펴낸곳 | 북오션

경영지원 | 서정희
편   집 | 권기우
마케팅 | 최석진
디자인 | 민영선·임진형
SNS 마케팅 | 박현빈·박가빈
유튜브 마케팅 | 정지은

주   소 | 서울시 마포구 월드컵로 14길 62
이메일 | bookocean@naver.com
네이버포스트 | post.naver.com/bookocean
페이스북 | facebook.com/bookocean.book
인스타그램 | instagram.com/bookocean777
유튜브 | 쏠쏠TV·쏠쏠라이프TV
전   화 | 편집문의: 02-325-9172   영업문의: 02-322-6709
팩   스 | 02-3143-3964

출판신고번호 | 제2007-000197호

ISBN 978-89-6799-658-1 (03810)

조선을 뒤흔든 예언서,《귀경잡록》이야기

화승총을 가진 사나이

박해로 SF 호러 연작소설

Bookocean

귀경잡록(鬼境雜錄) 그리고
원린자(遠麟者)

세종 20년(1438년), 건국신화를 부정하고 백성들을 미혹시
킨다 하여 금서 처분을 받게 된《귀경잡록》은 당대의 악명 높
은 도참비서(圖讖秘書, 미래의 모습을 예언과 그림으로 담은 비밀스
러운 책) 가운데 하나였다. 시간을 초월하고 공간을 오로지하는
무변유일극존신(無變唯一極尊神) 육십오능음양군자(六十五能陰
陽君子)가 우주 삼라만상의 진정한 창업자이며, 그가 부리는 이
계 별천지의 원린자(遠麟者)들이 호시탐탐 인간세상을 노린다는
해괴한 예언서는 세상의 질서를 어지럽히고 전대미문의 공포를
전염시켰다.

'뱀 껍질의 선비'로 알려진 저자 탁정암은《귀경잡록》에서 조
선이 가장 경계해야 할 적을 '원린자'라고 예언하고 있는데, 후

대의 사학자와 과학자들이 밝혀낸 바에 따르면 이 원린자는 오늘날의 외계인과 같은 존재라고 한다. 이들이야말로 밤하늘을 이부자리 삼아 3천 년을 잠들어 있는 육십오능음양군자의 근왕병(勤王兵)이며, 하늘 바깥에서 천하 대지로 끊임없이 침략을 꾀하는 이계 오랑캐들이다.

탁정암의 의도는 궁극적인 인류의 위기에 눈을 뜨게 하려는 우국의 발로였지만, 그의 진심과 상관없이 영악한 인간들은 이 책을 악용했다. 육십오능음양군자라는 지존 앞에서 왕후장상의 씨가 따로 없음을 깨우친 반항적인 백성은 이 책을 혁명반란의 기치로 삼았고, 탐욕에 눈먼 세력가들은 권력형 범죄를 숨기기 위해 보이지 않는 원린자에게 자신의 혐의를 뒤집어씌웠다.

　원린자, 즉 외계인의 실존 여부는 첨단 과학 기술이 범람한 오늘날에도 분명하지 않지만 이성과 논리로 설명할 수 없는 초현실적인 사건은 지금도 세상 어딘가에서 발생하고 있다.

　보국안민과 계몽적 이성의 기치 아래 탁정암은 혹독한 국문(鞫問)을 받아 끔찍한 최후를 맞았고, 이단 서적으로 낙인찍힌 《귀경잡록》은 남김없이 수거되어 불태워졌다. 그러나 수많은 왕조의 교체에도 귀경잡록의 필사와 유포는 끈덕지게 이어져 저자보다 유구한 천수를 누렸다.

　이 희대의 금서는 가는 곳마다 죽음을 몰고 왔고, 상상을 초월하는 괴사건으로 평온한 세상에 풍파를 일으켰다. 무자비한 학살과 불가사의한 파괴가 지나가도 《귀경잡록》은 살아남았다.

천박한 세속은 《귀경잡록》을 대안적 희망으로 맹신케 했고, 혹독한 관법은 《귀경잡록》을 신세계 건설의 돌파구로 삼게 했다. 죽지 않는 불멸의 책. 그것이 바로 《귀경잡록》이다.

이제부터 소개할 이야기들은 조선에서 실제로 일어난 일종의 야사인데, 읽다 보면 어느 이야기든지 《귀경잡록》과 연관이 있다는 사실을 알 수 있을 것이다. 분명히 강조하지만 귀경잡록은 허구의 저서가 아니다. 하워드 필립스 러브크래프트의 《네크로노미콘(Necronomicon)》처럼 《귀경잡록》도 실제로 존재했던 책이다.

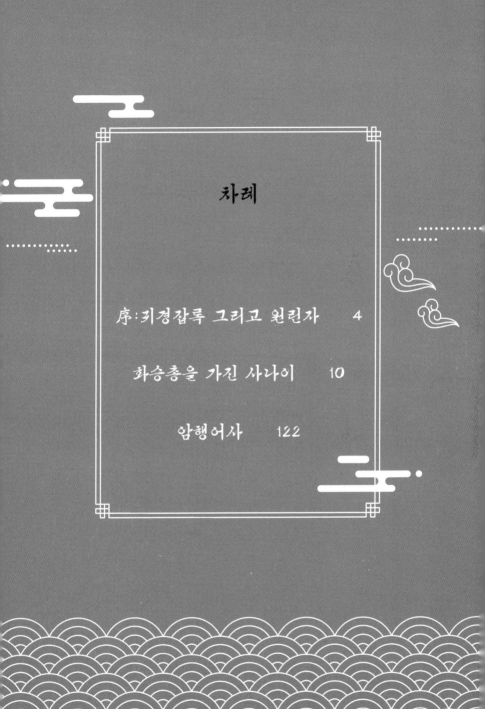

차례

序:괴정잡록 그리고 원린자　4

화승총을 가진 사나이　10

암행어사　122

1

　멀쩡한 사람의 육체가 팟 하고 사라지는 사건은 그 임금 집권기에 대대적으로 일어났다. 전국에서 피해가 속출했지만 눈과 귀가 막힌 임금은 이 사실을 몰랐다. 실종인지 소멸인지 모를 사건은 사람들 입에 오르내리며 공포를 퍼트렸다. 그 가운데 특히 젊고 건강한 이들은 절망에 몸부림쳤다. 사라진 사람이 하나같이 '힘세고 체격 건장한 젊은 사람'이었기 때문이다.

　신분도 남녀 구별도 없었다. 혼자 있을 때 당한 이도 많았지만 여러 사람이 보는 앞에서 사라진 이도 허다했다. 곁에 있던 '힘세고 체격 건장한 젊은 사람'의 육체가 팟 하고 증발하는 기현상을 겪은 이가 하나둘이 아니었다. 귀신이 곡할 노릇이었다. 인간의 오관을 넘어선 현상에 관헌들은 개입을 해도 안 해도 난처했다.

　허나 백지장도 맞들면 낫다고, 팔도의 사건을 비교 분석하는 작업이 한성부 포도청에서 이뤄졌다. 목격자와 관련자의 탐문도 이어졌다. 그들의 진술은 대체로 일관성이 있었는데, 분산된 수사력이 한 곳으로 집중되자 연쇄증발의 이면에 있던 공통점 두 가지를 찾아낼 수 있었다.

첫째, 육체가 증발하는 사람은 그 전날 똑같은 내용의 꿈을 꾼다. 집채만 한 빛의 덩어리가 말을 걸어오는 꿈이다. 대지를 격동시키는 음성의 내용은 거의 비슷하다.

 – 내세의 성은을 입어 특별히 차출된 그대는 이 꿈을 통해 내리는 전음으로 이제 육십오능음양군자(六十五能陰陽君子)의 왕토에 발 디딜 수 있는 신행통부(神行通符, 출입증)를 얻게 되었노라. 내일이면 병아리를 가둔 껍질은 깨어지고 그대의 어깨에서는 영원을 나아가는 날개가 솟구치리라.

둘째, 뇌성(雷聲), 즉 벼락 소리다.

꿈을 꾼 사람은 다음 날 불특정한 시각에 증발의 변을 당하는데, 육신이 사라질 때 먼 곳으로부터 벼락 소리가 들려온다. 마른 하늘이라고 예외는 없다. 귀를 찢는 요란한 뇌성과 함께 '있어왔던' 사람은 연기처럼 사라져 더 이상 '없게 되는' 것이다. 막을 방도가 없는 일이라 미리 준비하지 않으면 작별 인사조차 나눌 수 없다.

***

　일부 백성들은 이 뇌성이 육십오능음양군자가 꿈 바깥에서
내는 음성이라고 믿었다. 선택된 사람을 데려갈 승선일성(乘船
一聲)이자, 남은 사람을 배려한 상여 소리라는 게 그들의 해석이
었다. 금단의 학문을 접한 자들이 진정한 창개천하(創開天下)의
장본인이라고 일컬어온 육십오능음양군자는 《귀경잡록(鬼境雜
錄)》을 읽어야만 알 수 있는 신화 속의 존재이다. 허나 《귀경잡
록》은 소유하면 의금부에 끌려가고, 읽는 것만으로도 엄중한 처
벌을 받는 금서였다. 생각 깊은 식자는 꿈의 내용을 전면 부정
하며 사특한 요술사가 나라를 어지럽히려 눈속임으로 사람들을
납치한다고 주장했다. 이 주장에 적극 호응한 포도청은 요상한
가르침으로 교세를 확장하는 사교의 토벌에 총력을 집중했다.
하지만 사라진 육체는 두 번 다시 나타나지 않아 지향점부터 흔
들린 수사에는 사실상 한계가 있었다.

2

3월.

한양의 마풍륜은 대감마님의 가옥과 떨어진 오두막에 따로 살고 있는 외거노비였다. 그에게는 강수라는 이름의 아들이 있었는데 아버지를 닮아 '힘세고 체격건장한' 스무 살 장정이었다. 3월 초닷새에 마강수는 육십오능음양군자에 관한 꿈을 꾸었다. 그는 아버지에게 빛이 말을 건다고 이야기했고 마풍륜은 이를 심각하게 받아들였다. 그날 밤 마풍륜은 없는 살림을 짜내 하늘에 제사를 지냈다.

다음 날 동이 트자마자 마풍륜과 마강수는 평소처럼 들일을 나갔는데 한 줄기 뇌성이 산곡을 뒤흔들며 짐승들을 흩어지게 했다. 납작 엎드린 마풍륜이 일어나 보니 아들이 사라지고 없었다. 귀로만 듣던 소문이 자신에게 실제로 일어났음을 깨달았다. 육십오능음양군자가 아들을 데려간 것이다.

4월.

평안남도 평양의 사기협잡단 두목 괴무기도 꿈을 꾸었다. 그 역시 근골 탄탄하고 괴력을 소유한 장정으로는 누구 못지않았는데 이 육체적 장점을 농업 활동이나 오랑캐 퇴치에 쓰는 대신 유부녀 보쌈이나 집단 칼부림 등의 범죄에 써왔다. 노름판이나 밀거래처, 주막이나 산적 은거지 등의 활동무대에서 그의 괴력은 적재적소의 효과를 발휘했다. 심지어 살인청부도 마다하지 않았다. 겨냥 없이 휘두르는 주먹에도 포졸은 나가떨어졌지만 정작 그는 칼을 맞고도 끄떡없었다. 법을 무서워하지 않던 천하의 괴무기는 그러나 꿈속의 목소리에는 무릎을 꿇었다.

– 그대는 원래 천상의 대장군에 걸맞는 풍모를 갖고 태어났지만, 타고난 천골(天骨)을 험한 세상이 천골(賤骨)로 바꾸어놓았다. 차별도 제약도 없는 영원의 세상에서 위대한 대장군으로 거듭나라.

다음 날 잠이 깬 그는 부두목 독발이를 불러 천지신명에게 부름받았음을 알렸다.

'조직 인수 준비'가 되지 않았던 독발이는 이상한 소리를 늘어놓는 두목을 빤히 쳐다보다가 어디서 들은 풍월이 있는지 하늘에 제사를 올렸다. 그러나 괴무기는 수하들 몰래 밖을 나가 환희에 찬 표정으로 장터를 돌았다. 경계심도 포악함도 떠난 그의 얼굴은 평화로워 보였다. 발고하면 포상한다는 용모파기를 기억하던 백성 하나가 그를 알아보고 복처(伏處, 초소)의 포졸에게 알렸다. 열 명의 포졸이 달려와 괴무기를 에워쌌다. 오랏줄로 몸을 꽁꽁 묶는데도 그는 저항하지 않았다.

바로 그때 콰쾅! 하는 뇌성이 들려와 장터의 모든 백성이 엎드리거나 몸을 숨겼다. 포졸들이 몸을 일으켰을 때 괴무기는 사라지고 없었다. 죄인 잃은 오랏줄만이 땅에 떨어져 있을 뿐이었다.

5월.

전라북도 남원 관아의 형방 윤설원에겐 아름다운 아내 정보화가 있었다. 정보화는 양반 가문의 삼녀였지만, 그 아비인 정 대감은 당파싸움에 연루되어 멸문지화를 당하고 말았다. 정 대감에게 은혜를 입었던 남원 사또는 아무도 모르게 정보화를 거두어주었다. 하지만 서둘러 안전한 신분을 만들어주어야 했다.

비쩍 마르고 근골 왜소한 윤설원은 행정 실무에 능해 사또에게 신임을 받던 향직 관리였다. 백성들의 곤궁한 삶을 이해했고, 아랫사람을 가벼이 대하지 않던 그는 어디에서나 볼 수 있는 이름 없는 공직자의 표본이었다.

이 사람이면 믿을 만하다 생각한 남원 사또는 중신을 서서 윤설원과 정보화가 부부의 연을 맺게 했다. 서른 나이에 늦장가를 간 윤설원은 스물한 살 젊은 아내에게 남편으로서의 소임을 다하려 항상 노력했다.

하지만 신혼은 오래가지 못했다. 건강미 넘치던 정보화가 오월 초이레에 꿈을 꾼 것이다.

"육십오능음양군자가 저를 불러요. 나는 그분께 가야만 합니다. 죄송합니다, 서방님."

윤설원은 아내의 정신 상태를 의심하지 않았다. 오히려 아내의 신분적 자존심을 배려했다. 양반의 딸로서 중인과 반 강제 혼인을 했으니 한시라도 마음이 편했겠는가. 아내와 연관된 좋지 않은 소문도 그의 귀에 들어오고 있던 터였다. 윤설원은 차분한 목소리로 뜻을 표했다.

"임자가 뭘 하든 개의치 않소. 단 혼자 가지는 마시오. 나를 데려가 주길 바라오. 임자를 위해서라면 난 뭐든지 감당할 자신이 있소."

정보화는 공허한 눈길로 신랑을 바라보았다.

그날 윤설원은 아내를 위해 음식을 장만해 하늘에 제사를 지냈다. 마음의 준비를 하기도 전에 그녀는 남편이 보는 앞에서 사라졌다. 초여름의 소나기가 퍼붓던 이튿날 저녁, 유일하게 남원에만 뇌성이 울리던 저녁, 밥상 앞에서 그녀는 팟 하고 사라진 것이다. 윤설원이 아내에게 억지로 쥐어준 수저는 힘을 잃고 바닥으로 떨어졌다.

다시 4월.

한양 용산 삼개에서도 으리으리한 이지산 대감의 집에 무장한 사람들이 가득했다. 홍문관 대제학을 지낸 이지산은 무엇 하나 부족할 게 없는 대물림 상위층이었는데 '힘세고 체격 건장한 젊은 사람'인 삼대독자 아들이 간밤에 꿈을 꾸었다. 이지산의 아들 이구완은 집채만 한 빛이 찾아와 말을 걸었다며 황홀한 표정을 숨기지 않았다.

— *세속의 눈알을 파내고 내세의 신안(神眼)을 끼워 넣어라. 그리하면 육십오능음양군자를 알현할 시야를 회복하리라. 내일이면 그대는 죽은 학문 대신 시간과 공간의 비밀을 터득할 수 있노라.*

이미 전국 각지에서 일어난 괴변을 알고 있던 터라 대감의 집 안은 발칵 뒤집혔다. 대감은 팔다리에 동앗줄을 묶은 아들을 사랑방에 가둔 채 하인들을 시켜 동서남북을 지키게 한 뒤 반경 백보 이내로 아무도 접근 못하게 했다. 꿈을 꾼 이구완은 몽환약에 취한 표정이었지만 하인들은 긴장했다. 힘세고 체격 건장하기로는 그들도 누구 못지않았기 때문이다. 그들이 믿는 것이라곤 꿈을 꾸지 않았다는 사실뿐이었다.

낮이 지나고 밤이 오도록 아무 일도 일어나지 않았다. 안방마님은 오늘 밤만 넘기면 아들이 무사할지 모른다는 희망을 가지고 수시로 사랑방을 확인했다.

자시 무렵, 밤잠에 빠져든 새들이 나무에서 날아올라 흩어졌다. 졸던 하인들이 깜짝 놀랄 때 사랑방 문을 깨부수고 나온 이구완은 동쪽 하늘을 바라보며 "때가 되었다!" 하고 소리쳤다. 침묵을 찢는 뇌성과 함께 그의 형체가 사라졌다. 안방마님은 실신했고 사라진 아들은 돌아오지 않았다.

수락산 호랑이 사냥으로 유명한 포수 이덕관은 대감과의 친분으로 자리를 지켰는데, 쾅 하는 소리가 하늘에서 울려온 뇌성이 아니라 동쪽의 울창한 나무 사이에서 들려온 총소리가 아닐까 하고 의심했다. 날이 밝자마자 그는 새들이 날아오른 곳의 나무들을 하나하나 점검했는데, 금이 간 버드나무 가지 위에 사람이 앉아 있던 흔적을 발견했다. 증발자 전파가 확산되어 지금껏 397명의 기록상 통계를 낸 가운데, 이덕관이 처음 발견하고 의심한 '저격자'의 흔적이었다. 이지산은 이덕관에게 "그자가 온 게로군" 하고 알 수 없는 말을 남겼다.

다시 5월.

평양의 거상 이승현도 꿈을 꾸었다. 젊을 적부터 조운 사업으로 큰 재산을 이룩한 그는 거친 뱃사람을 다뤄온 선주 출신답게 힘깨나 쓰고 체격 건장한 서른아홉 살 남자였다.

– 속세의 부를 가멸다 하지 마라. 내세의 광영 앞에선 땅 문서도 한낱 뒷간 종이요, 엽전 뭉치도 돌무더기일 뿐이다. 육십오능음양군자에게 갈 수 있는 신행통부는 물질로 구할 수 있는 바가 아니다.

가족들은 충격에 싸였다. 그들은 막대한 돈을 벌어주는 가장을 잃기 싫었다. 이승현은 참나무로 만든 튼튼한 곳집(창고) 안에 억류된 채 스무 명의 무인들에게 둘러싸여 물샐 틈 없는 경호를 받았다. 특이하게도 이승현은 나라에서 금하는 천주학을 믿었는데, 처남 안기돈은 관의 감시에도 아랑곳없이 성경을 이승현의 품에 안겼다. 그러면 제 정신을 차릴지도 모른다는 듯이. 그러나 익숙한 믿음을 버리고 신성(神聲)을 접한 이승현의 눈은 두 번 다시 원래대로 돌아오지 않았다.

오전까지는 아무 일도 일어나지 않았으나 오후에 안기돈이 포수들을 데리고 집 주변을 순찰 나서자 요상한 기운이 곳집을 에워쌌다. 산짐승들이 새끼를 거느리고 도망쳤고 땅속에서 뱀과 두더지가 치솟았다. 안기돈이 칼집에 손을 올릴 때 청명한 하늘을 찢으며 뇌성이 울려왔다.

안기돈이 벌컥 문을 연 곳집 안에 이미 이승현은 남아 있지 않았다. 애독자를 잃은 성경만이 놓여 있을 뿐이었다. 유일신 육십오능음양군자는 선택받은 자를 데려갈 때 다른 신의 교리서는 허용치 않은 모양이다. 곳집의 판자에는 탄흔이 없었지만 안기돈은 두꺼운 성경의 한가운데가 검게 탄 흔적을 발견했다. 돋보기 빛이 검은 종이를 태운 듯한 흔적이었다. 안기돈 역시 뇌성을 총성과 연관지었다.

'탄환이 없는 총이 과연 가능한가?'

그는 관가로 가려 했지만 나라에서 금하는 천주학 서적을 물증으로 제출할 수는 없었다. 훗날을 기약하자며 가족들에게 상황을 설명한 그는 성경을 감추었다. 당장 할 일은 자형의 사업을 자신과 가까운 둘째 조카가 물려받게 하는 일이었다.

다시 6월.

남원 사또 이성한에겐 다섯 자식이 있었는데 장남 이유석이 사랑을 독차지했다. 하나를 가르치면 열을 알고, 열을 가르치면 백을 넘겨짚는 영특한 아들은 특히 병법서에 두루 통달해 무과 시험을 준비하던 중이었다. '힘깨나 쓰고 체격 건장한' 유석이 어느 날 멍한 얼굴로 아버지를 찾았다.

"제가 그간 닦은 기예를 보여 드려야 할 분은 주상전하가 아닙니다. 육십오능음양군자입니다."

"그자가 누구냐?"

"꿈을 통해 찾아온 분입니다."

유석은 더 이상 말하지 않았다. 증발자 모두가 같은 질문에 입을 다물었다. 꿈을 통해 계시를 받았듯 그들은 꿈을 통해 통제도 받았다. 팔도의 실종사건을 들어서 알고 있는 이성한에게 아들의 고백은 올 게 오고야 말았다는 충격이었다. 그의 부인은 남편의 반대를 무릅쓰고 무당을 불렀다.

"내일이면 귀신에게 유석이를 잃고 말아요. 어떻게든 막아야 해요!"

그녀는 마당에 거적을 깔고 유석을 앉혔다. 불려온 무당이 그 앞에서 무섭도록 펄펄 뛰었다.

"육십오능음양군잔지 병신육갑음매군잔지 물러나라! 꿈으로 사람 괴롭히는 몽달귀야! 대장군이 될 귀한 유석이를 두고 천리 만리 밖으로 물러나라!"

무당은 체력은 있어 보였으나 체격은 건장하지 않고 나이 든 사람이었다. 꿈도 꾸지 않았기에 증발할 이유가 없었지만, 그녀는 잘 알지도 못하는 육십오능음양군자를 잡신으로 취급한 우를 범했다. 가만히 앉아 있던 유석이 벌떡 일어나 무당의 허리춤을 잡고 자신에게로 끌어당겼다. 놀란 무녀가 칠성검과 부채를 떨어트렸다.

"너는 천상천하유아독존의 신을 하찮게 보았다. 눈이 있어도 보는 법을 모르니 내가 도와주리라."

유석이 무녀를 끌어당기자 하늘 끝에서 콰쾅 하고 뇌성이 울렸다. 두 사람의 육신이 흔적도 없이 사라졌다. 그토록 밀착했으니 가까운 데서 탄환이 날아왔다면 둘을 관통하기란 어렵지 않을 터였다. 이성한은 몸을 떨었고 부인은 엎드려 통곡했다.

3

한양 사건을 수사한 석환규 포교, 평양 사건을 수사한 최영로 포교, 남원 사건을 수사한 박인좌 포교가 한양의 주막에서 그들의 상관인 서만주와 만났다. 포도청 종사관 서만주는 여러 미제 사건을 해결한 문무 겸비의 실력자로 장차 포도대장 자리를 노리는 야심가였다. 셋 중 고참 격인 석환규가 먼저 입을 열었다.

"이상의 사례를 보면 두 건이 대조를 이루며 하나로 묶입니다. 즉 여섯 건처럼 보이지만 사실은 세 건인 사건입니다. 한양의 양반과 노비, 평양의 상인과 죄인, 남원의 현령과 아전이지요. 같은 지역의 사람은 서로 안면이 있는 사이입니다."

"안면 있는 사이라고?"

"예. 마풍륜은 이지산의 외거노비였고, 괴무기는 이승현과 과거 밀거래 일에 관여한 적이 있습니다. 윤설원과 이성한은 남원 관가의 현직 형방과 사또지요. 사건은 한 달 간격으로 일어났습니다. 노비 아들, 협잡꾼, 형방 아내에게 먼저 증발의 변이 닥쳤고, 한 달 뒤에는 고위 관료 아들, 거상(巨商), 지방관 아들한테 닥쳤지요. 같은 꿈을 꿨지만 대처 방식은 달랐습니다. 가난한 자들은 하늘에 제사나 올렸을 뿐이지만, 부유한 자들은 경호를 강화했습니다. 부유한 자들 덕에 새롭게 드러난 사실이 있습니다."

"그게 무엇인가?"

"증발자가 사라질 때 울리는 뇌성이 총성이란 겁니다."

"총성? 그 자들이 직접 그렇게 말했나?"

"당연히 아니지요. 부자들은 무엇이건 입을 조심하지 않습니까? 하인들한테서 알아낸 사실입니다."

서 종사관은 수염을 쓰다듬으며 생각에 잠겼다.

"그게 총성이라면 사람의 육신을 증발시키는 총이 세상에 있다고 생각하나?"

"《귀경잡록》에는 나와 있겠지요. 이건 육십오능음양군자가 결부된 사건 아닙니까?"

"뇌성을 총성으로 생각하는 이들은 부유한 자들이라면서? 《귀경잡록》은 가난한 백성들이 몰래 읽는 예언서일세. 부유한 자들이 허황된 내용이라 무시하는 책이 바로 그 책 아닌가?"

"그렇지요. 허나 토린결(討麟結,《귀경잡록》〈암행어사〉 편에 나오는 비밀단체)의 현령 이응수도, 암행어사 윤상일도 그 책을 탐독했습니다. 《귀경잡록》을 몰래 접한 벼슬아치는 더 있을 것입니다."

"그 자들이 지금은 어떻게 됐나?"

"이응수는 머리가 사라진 시신으로 발견됐고 윤상일은 행방불명인데 걸어다니는 시체가 되었다는 목격담이 여러 군데서 보고되고 있습니다."

"헛소문에 불과해. 그 책은 거짓을 나열한 사악한 서책이야. 패관소설 쓰는 탁 아무개가 원린자란 개념을 창안해 퍼뜨린 가짜 도참비서(圖讖秘書, 미래의 모습을 예언과 그림으로 담은 비밀스러운 책)란 말일세. 우린 현실만 보는 사람들이고."

"하지만 뇌성과 함께 사라진 사람을 직접 본 이가 하나둘이 아닙니다."

"약장사들이 눈속임으로 그런 기예를 펼치는 걸 본 적이 있네."

"기록상으로 400명 가까운 증발이 있었고 실제로는 수천 명일지도 모르는데 단 한 건도 꼬리가 안 밟히는 눈속임도 있습니까? 게다가 모두 증발 전날 같은 꿈을 꾸었다지 않습니까?"

서 종사관이 말없이 술을 들이켰다. 세 포교도 함께 잔을 비웠다. 서 종사관이 다시 물었다.

"총탄의 흔적은 있었나?"

이번에는 평양 사건을 맡은 최영로 포교가 답했다.

"이계의 광채(光彩)로 사람을 사라지게 하는 총일지도 모릅니다. 옛날에 경상도 섭주의 외눈고개에선 비천자(飛天者,《귀경잡록》〈외눈고개 비화〉에 나오는 날개 달린 원린자)들이 격섬채동포(毃閃彩動砲)란 무기로 고을 백성들을 사라지게 했습니다."

"나도 알아. 하지만 그건 휴대용 화승총이 아니라 육중한 대포일세."

'종사관도 《귀경잡록》을 알고, 또 믿으면서 내색하지 않았구나!' 세 포교의 표정이 조금 밝아졌다. 이번에는 박인좌 포교가 나섰다.

"최근 압수한 《귀경잡록》 사본에는 하나같이 33장이 찢겨 있었습니다. 아마 33장에 지금 사건과 관련된 내용이 나올지도 모릅니다. 빛으로 사람을 사라지게 하는 무기 말이지요."

"33장이 언제부터 사라졌단 말인가?"

"육신증발 사건이 일어나기 직전이었습니다."

"그럼 증발 사건 전에 압수한 《귀경잡록》을 찾아보면 33장에 뭐가 적혀 있는지 알 것 아닌가?"

"모두 타버렸습니다."

"타버렸다고?"

서 종사관이 술상을 탕 쳤다.

"민간에서 압수한 《귀경잡록》 6천 권은 둑도(뚝섬)의 비밀 군진에 보관해 오고 있었습니다. 작년 12월에 알 수 없는 이유로 군진에 불이 나 병졸 다섯이 죽고 책은 모두 타버렸습니다. 그 후부터 팔도의 증발 사건이 시작된 것입니다. 철통같은 둑도 군진을 누가 어떻게 뚫고 들어가 불을 질렀는지 아직도 원인은 불명입니다."

"자네 말은, 누군가 33장을 못 보게 하려고 일부러 불을 냈다는 겐가?"

"그렇습니다."

"자네들 중에 33장의 내용을 아는 사람은 없나?"

세 사람 다 고개를 저었다.

"가진 자들은《귀경잡록》을 제대로 읽은 이가 없고, 못 가진 자들은 내용을 알면서도 협조하지 않습니다. 상금을 준다 해도 토설하지 않았습니다."

서 종사관은 아무 말이 없었다. 포교들은 그의 말을 기다리는 것 같았다. 서 종사관이 팔짱을 낀 채 생각에 잠기자 석 포교가 말했다.

"아까 여섯 사건이 사실은 세 건이라 했잖습니까?"

"그랬지."

"없는 자들은 있는 자들에게 각자의 원한이 있었습니다. 마풍륜은 아들이 꿈을 꾼 후 이지산을 찾아갔지만 꾸짖음만 듣고 돌아온 모양입니다. 괴무기는 밀거래 건으로 이승현 대신 옥살이를 한 적이 있는데 출옥 후 협박한 사실이 있었습니다. 그 협박은 받아들여지지 않았지요. 윤설원의 아내는 남원 현령 이성한과 몰래 정을 통하고 있었습니다."

28

박 포교도 말했다.

"수상한 구석이 많습니다. 증발이 한 달간의 간격을 둔 것도 그렇고, 없는 자들 셋 다 꿈을 꾼 날 제사를 올렸다는 사실도 그렇습니다."

"게다가 있는 자들 셋은 하나같이 이 씨 성을 갖고 있지."

종사관이 툭 쏘듯 말했다. 네 수사관 사이에 생성되는 통찰이 탄탄한 거미줄로 짜여지고 있었다.

"그놈들의 과거는 조사했겠지?"

서 종사관의 물음에 석 포교가 먼저 나섰다.

"마풍륜과 이지산에 관해 말씀드리겠습니다. 이지산은 존경받는 전직 홍문관 대제학이기 전에 뒤가 구린 작자였습니다."

"반역의 기미가 다분했지."

"그렇습니다. 예전에 내수사에 있을 때 세미(稅米) 일만 석을 횡령해 왜나라 상인들과 거래하려고 한 적이 있었습니다. 그때 첩보를 듣고 거래선을 급습한 수군진 별장은 그 왜선에 탄 이들이 왜인들이 아니라 이상한 옷에 불가사리 무늬 표식을 단 검은 피부의 사람들이라고 했습니다. 해상 전투가 벌어지자 그들은 선적된 나무 상자를 급히 바다에 버렸는데, 수군들은 그 안에서 사람의 얼굴을 했지만 벌의 몸통을 가진 별종인간(別種人間)들을 봤다고 했습니다. 날개가 젖어 모두 물고기 밥이 되고 말았는데 이로써 증거물도 사라진 셈이지요.

밀승신성교(蜜蠅神聖敎)는 벌과 파리 형상의 원린자를 모시는 사교였고, 당시 이지산은 교주 김원칠과 절친한 사이였다고 합니다. 야심가인 이지산이 외부세력을 끌어들여 반란을 일으키려 한다는 혐의는 허황된 것이 아니었습니다. 하지만 증거가 사라진 탓에 이지산은 오히려 더 깊이 숨을 시간을 벌게 되었고, 횡령 건으로 의금부의 조사를 받게 했지만 이 역시 뒤를 봐주던 영의정 때문에 가벼운 벌만 받고 풀려났지요.

그 후 강직하기로 소문난 정시학 포도대장이 밀승신성교를 일망타진하셨지만 교주는 놓치고 말았습니다. 밀승신성교의 3대 교주 김원칠은 왼쪽 뺨에 칼자국이 있다는 것만 알지 진짜 얼굴을 아는 이는 없습니다. 항상 벌의 머리를 본떠 만든 탈박을 얼굴에 쓰고 있었으니까요. 이지산의 노비 마풍륜이 김원칠인지는 모르겠지만 얼굴에 칼자국이 있는 건 틀림없었습니다. 그자가 후계자일지도 모를 아들을 잃은 겁니다.”

“아하! 밀승신성교라, 그 중요한 정보를 왜 여태껏 함구했나?” 종사관이 고개를 끄덕였다.

다음에는 최 포교가 나섰다.

“괴무기는 평양 사람 모두가 무서워한 범죄자였습니다. 거상 이승현은 조운 독점 사업에 폭력과 살인까지 불사한 인물이었으니 그 인간성을 알 만할 것입니다. 괴무기는 바로 이 이승현 밑에서 주먹꾼 노릇을 해왔는데 말씀드렸다시피 옛날 중화의 몽환약이 밀거래됐을 때 포청의 추격을 받자 이승현 대신 옥살이까지 한 놈입니다. 그는 부두목 독발이에게 '내게 무슨 일이 생기면 이승현을 죽여야만 한다'고 누누이 말했답니다. 최근 들어 괴무기가 이승현을 협박했는데 그 내용이 좀 유별납니다."

"어떤 협박을 했지?"

"진유조가 자신을 죽이려 하는데 그와 맞서려면 비천자의 창 (槍)이 필요하다고 했습니다. 그래서 외눈고개에 들어갈 자금을 지원해 달라고 했습니다."

"홍갑대장군(紅甲大將軍) 진유조 말인가? 그자는 가공의 인물 아닌가?"

"어떤 이에겐 실재하는 인물인지도 모르지요."

"그가 왜 괴무기를 죽이려고 해?"

"진유조가 사람이던 시절 산적이었던 괴무기가 한 고을을 불태워버린 적이 있었는데 거기서 진유조의 여동생 일가가 죽었답니다. 진유조는 인간과 원린자의 능력을 고루 갖춘 양웅동체 (兩雄同體)가 되어서도 과거의 원한을 잊지 않았다고 합니다."

"외눈고개가 정말로 있을까?"

"그거야 우리도 모르는 일이지요. 가본 적이 없으니까요. 어쨌든 이승현은 허황된 사정에 막대한 자금까지 요구한 괴무기의 청을 거절하고도 마음을 못 놓은 모양입니다."

"왜?"

"이승현의 부정한 사업 비밀을 너무나 많이 알고 있는 괴무기니까요."

"진유조, 외눈고개, 비천자까지……. 괴무기는 《귀경잡록》의 내용을 믿었고 이승현은 믿지 않았다고도 볼 수 있는 거로군."

종사관은 박 포교를 돌아보았다.

"남원 쪽은 뭘 알아냈나?"

"형방 윤설원은 《귀경잡록》을 갖고 있다가 발각되어 격노한 전임 사또에게 처벌받을 뻔한 전력이 있었습니다. 현직 사또 이성한은 이 사실을 모르고 있는 것 같습니다. 윤설원은 매우 병약한 남자였는데 어릴 때 하초를 다쳐 남자 구실을 제대로 못했다고 합니다.

그의 아내는 힘이 세고 체격 튼튼한, 이제 갓 욕망에 눈을 뜬 스물한 살 처녀였지요. 멸문지화를 겪고 중인과 강제 결혼한 그녀는 처지를 비관해 술을 마시고 방탕한 생활을 했다고 합니다. 언제부터 유부남인 이성한과 정을 통해왔는지는 모르겠습니다. 또 언제부터 윤설원이 아내와 이성한과의 사이를 알게 되었는지도 모르겠습니다. 아마 윤설원은 집안의 화평을 위해서 혹은 자신의 처지를 생각해 스스로 입을 다물었을 겁니다. 아내에게 헌신적인 남편이었다는 주변인들의 증언으로 미루어보면, 자기가 줄 수 없는 행복을 이성한에게 대리시킨 후 모르는 척해왔을 수도 있지요. 하지만 그 아내가 꿈을 꾸고 증발하자 그동안 참아왔던 화가 걷잡을 수 없이 폭발해 복수를 다짐했을 수도 있습니다. 가장 아끼는 것을 잃은 사람은 원한 품은 자의 가장 아끼는 것을 노리는 법 아니겠습니까?"

"형방이 아내를 사라지게 한 자를 만나 같은 방법으로 복수를 부탁했다?"

"아내를 아끼는 마음과 미워하는 마음이 동시에 있었을 테니까요."

"자네들이 알지 모르겠는데 난 그 이성한이란 자를 좀 알아. 별로 깨끗한 인물은 아니야. 윤설원이란 형방이 《귀경잡록》을 갖고 있었단 사실은 흥미롭군."

서 종사관이 뭔가 알아냈다는 표정을 지었다.

"자네들 말을 듣고 보니 생각난 건데, 그 세 사람이 지냈다는 제사가 육십오능음양군자를 향한 치성이 아니라 혹시 저격자를 불러들이는 의식은 아니었을까?"

이 해석에 세 포교는 놀란 얼굴을 했다. 박 포교가 답했다.

"그건 미처 저희도 생각 못했습니다. 제사를 지내고 꿈을 꾼 것이 아니라, 꿈을 꾼 후에 제사를 지냈으니까요."

"그러니까 하는 말일세. 제사가 저격자를 불러낼 한 가지 방법이라면 이미 꿈을 꾼 마당이니 부탁할 수도 있는 거잖아? 증발을 막아 달라고, 아니면 다른 누군가를 증발시켜 달라고."

석 포교와 최 포교가 감탄하는 사이 서 종사관의 질문은 이어졌다.

"이지산, 이승현, 이성한 등 이 씨들 간 연관점은 없었나? 증발한 이구완과 이유석까지 포함해서 말일세."

"없었습니다. 그들은 친인척도 아니며 서로 일면식조차 없는 사이입니다."

"그거야 모르는 일이지. 대신과 거상과 관료가 만나면 어떤 일도 일어날 수 있거든."

"이 씨들 중에선 이지산만 《귀경잡록》을 믿는 것 같지만, 마풍륜, 괴무기, 윤설원은 모두 《귀경잡록》과 연관이 있습니다. 그 세 놈들은 뭔가 알고 있을 겁니다."

"괴무기는 증발했잖아?"

"부두목 독발이가 있지요."

"좋아. 명색이 포도청 종사관인 내가 금서 《귀경잡록》까지 믿는 건, 사람 꿈에 관여할 수 있는 요상한 자가 분명 조선 땅에 있다는 확신 때문임을 알아들 두시게. 그자가 화승총 같은 걸로 사람을 증발시키는지는 모르겠네. 금서의 33장이 일제히 찢어졌다는 사실도 수상해. 음모의 냄새가 난다구. 분명 그놈들한텐 뭔가가 있어. 다시 먼 길을 보내 미안하네만 최 포교와 박 포교는 평양과 남원으로 가서 놈들을 감시하면서 수상한 점이 있으면 즉시 알려주게. 그놈들이 지냈다는 제사도 어떤 것인지 한번 알아보게. 석 포교도 그 마풍륜이란 놈에 대해 더 깊이 파보게. 나도 그 사이 준비를 하겠네."

"종사관께오선 어떤 계획이라도 있으십니까?"

"만약 그 뇌성이 총성이 맞다면……."

"맞다면?"

"덫을 놓아 보자는 거지."

4

세 포교는 용의자 감시를 위해 떠났고 서만주는 포도청으로 말을 몰았다. 등청한 서만주에게 포도대장은 병조판서 심영주를 찾았느냐고 물었고, 서 종사관은 아직 못 찾았다고 답했다. 사실 이 병조판서를 찾는 일이 가장 시급한 문제였는데 서 종사관은 엉뚱하게 보일 수도 있는 한양, 평양, 남원 건만 보고받고 온 것이었다. 병조판서는 나라의 국방을 책임진 사람이었고 주상전하가 속히 찾아내라 명을 내렸으니 모든 일을 제쳐 두고서라도 찾아야만 했다.

그러나 서만주는 심영주의 사라짐이 실종이 아닌 증발임을 알고 있었다. 유가족들이 '대감께선 꿈을 꾼 다음 날 사라지셨다'고 증언했기 때문이다. 포도대장이 곰방대를 뻑뻑 빨아들였다.

"조정의 압력이 심하네. 병판이 없는 이때 외적이 침입이라도 하면 어쩔 거냐고 몰아붙이고 있단 말이네."

"포장 어른, 아무리 다그치셔도 소용없사옵니다. 심 대감의 유가족들이 이구동성 증언하고 있습니다. 육십오능음양군자의 꿈을 꾼 다음 날 증발한 것이라고요."

"우리는 그렇게 믿어도 주상전하와 대소신료들은 그 사실을 믿어 주겠는가?"

"하지만 어쩝니까? 사실이 그런 것을."

"에이잉!"

포도대장이 탕탕 친 곰방대에서 잿가루가 튀었다.

"이번 일을 해결 못하면 자네와 나는 이 자리를 내놓아야 할 것이야. 그 육십오능음양군자인지 뭔지 하는 이름은《귀경잡록》에 나오지. 자네도 그렇겠지만 난 그 불경한 서책을 전면 부정하지는 않아. 지금껏 나타난 기이한 미제사건 중에는 우리 머리를 초월하는 것들이 분명 있었으니까. 하지만 저 위의 사람들은 진실을 허용하지 않네. 진실의 위험보다 거짓된 평화를 좋아하지.

잘 듣게. 우리가 육십오능음양군자를 죄인으로 공표하고 싶으면 병조판서를 증발케 한 범인을 직접 잡아 의금부로 끌고 가야 해. 그래야만 사건은 은밀히 처리가 되고 우리도 살아나. 무슨 말인지 알지? 원린자를 범인으로 발표하려면 진짜 원린자를 기어이 잡아 저들에게 두 눈 똑똑히 보여줘야 한단 말일세."

"저 역시 같은 생각이옵니다. 그 일이라면 조금만 시간을 주옵소서. 그렇잖아도 수하 포교들이 새로운 소식을 알아낸 바가 있사옵니다."

포도대장의 안색이 약간 밝아졌다.

"무슨 소식을?"

"증발 전에 일어나는 뇌성은 하늘에서 울려온 게 아니었사옵니다. 누군가가 쏜 총 소리였사옵니다."

포도대장이 흥미로운 얼굴을 했다.

"총을 맞으면 사람이 증발한다?"

"원린자의 무기라면 가능하지요."

"가능하지! 외눈고개의 격섬채동포는 한 방에 수십 명의 백성을 해골로 녹여 버리기도 했잖은가?"

세 포교가 허황된 보고를 믿어준 상관에게 용기를 얻었듯 종사관도 포도대장의 신뢰에 힘을 얻었다.

"더 놀랄 만한 소식도 있사옵니다. 마풍륜과 괴무기 그리고 윤설원은 각기 이지산, 이승현, 이성한과 선이 닿아 있었습니다."

"그게 정말인가?"

"예. 이지산은 마풍륜의 상전인데 마풍륜의 실체는 도망친 밀승신성교의 교주가 확실해 보입니다. 괴무기는 이승현의 조운업에 따르는 폭력을 도맡아 처리한 놈인데 말씀하신 외눈고개의 무기를 언급했답니다. 그리고 이성한은 윤설원이 모시는 남원 현령입니다."

"이성한이라! 아하, 분명 뭔가 있겠구먼. 자네가 보낸 포교들은 믿을 만한 사람들인가?"

"그렇습니다만 그들에게도 대군(大君)과 비밀 서찰 얘기는 꺼내지 않았습니다."

"잘했네. 포도청에도 분명 첩자가 있으니 전부 믿으면 안 되네."

'대군'이란 임금 자리를 탐내 역모를 꾀하다가 진도에 유배가 있는 임금의 동생을 말한다. 형제의 정으로 죽이지 못하겠다는 주상전하의 말에 대군은 사약을 면했지만, 포도청은 늘 그를 감시하고 있었다. 야심가인 대군이 여전히 왕좌를 노리기 때문이었다.

작년 11월에 진도 유배지에 마풍륜, 괴무기, 윤설원이 찾아들었다. 멀리서 감시하던 포교는 그들이 각기 서찰 한 통씩을 받아들고 나간 것을 알아냈다. 포도청에서는 음모의 냄새를 감지했지만 서찰을 압수하지는 않았다. 음모를 진행하는 세력이 이 사실을 안다면 더 깊은 어둠 속으로 잠수할 것이기 때문이다. 포도대장은 서찰의 내용을 파악하지 못한 상태에서 이들을 털끝 하나까지 감시하라고 명했다. 서 종사관은 대군과 서찰 얘기는 숨긴 채 석 포교, 최 포교, 박 포교를 시켜 그들을 미행케 했다. 세 포교는 명을 수행해 마풍륜, 괴무기, 윤설원을 감시했는데 보란 듯이 요주의 인물인 이지산, 이승현, 이성한과 연결된 소식을 건진 것이다. 포도대장이 물었다.

"그놈들한테서 역모의 낌새는 없었나?"

"이지산은 아들이, 이승현은 본인이, 이성한은 아내가 증발했습니다. 팔도에 넘치는 증발 사건이 본인들한테도 닥쳤으니 지금 당장 대군을 옹립시키려는 시도 따위는 없을 것이옵니다."

포도대장은 고개를 끄덕였다.

"자네 말이 맞네. 지금은 이 연쇄 증발 사건이 가장 큰 난제지. 이런 기상천외한 사건이 우리나라에 터질 줄 누가 알았겠나? 대군의 역모 시도는 일단 미뤄지거나 좌절된 것 같아 다행이군. 그러니 이젠 병조판서의 실종 해결에 전력해야 하네. 여기에 우리 포도청의 명운이 걸려 있네. 사람을 사라지게 하는 총을 가진 놈이 있다면 무슨 일이 있더라도 잡아보세. 수단방법을 가리지 말고 잡아야 할 것이네. 더 이상 조정 놈들한테 시달리다간 우리가 먼저 쓰러질 걸세."

서 종사관은 인사를 하고 포도청을 나왔다. 그러나 집에 돌아와서도 걱정은 덜어지지 않았다. 여러 사건이 겹으로 일어나고 있는데 해결된 것은 실상 하나도 없었다.

그는 진도 유배지의 대군을 생각했다. 지난번 '왕자의 난'에 실패한 그가 야심을 포기했다고는 생각되지 않았다. 조선을 집어삼킨 증발 사건이 잠시 음모를 멈추게 한 것뿐이리라. 냉혹하고 야심 있는 그가 언제든 재기풍운해 무능한 현 임금을 폐위시키고 왕좌를 탈환할 가능성은 항상 존재한다. 그는 백성의 지지를 얻고 있고 신망도 두터운 편이었다. 전하께서는 형제애를 물리치고 사약을 내리셨어야 마땅했다. 약하게 대처했기에 아랫사람들이 감당할 후환은 여기저기에 널려 있다. 최종적으로 피해를 보는 이는 결국 백성들이다.

마풍륜과 괴무기와 윤설원을 보낸 이씨 삼인방은 반골 기질이 뚜렷한 이들이다. 매우 위험한 자들이었다. 왜냐하면 그들은 지상의 군대가 아닌, 원린자의 힘을 끌어들일 술법을 터득한 자들이었기 때문이다. 남원 사또 이성한은 군사기밀을 너무 많이 알고 있는 남방의 용장 출신이다. 그는 늘 처지에 불만을 갖고 있었다. 이지산이 밀승신성교를 통한 이계군사를 끌어들이고 이승현의 막대한 자금이 그들을 뒷받침한다면, 재래식 무기밖에 없는 조선군은 이들을 막을 수 없을지도 모른다. 역모는 충분히 성공할 수도 있는 것이다.

다행히 이들 역시 증발의 변을 당했기에 당장은 안심할 수 있게 되었다. 그러나 길게 보면 두 다리 뻗을 일은 아니다. 이 연쇄 증발의 이면에 있는 육십오능음양군자는 그 어떤 이계 군대보다 무서운 최악의 공포였으니까. 적대적인 두 나라 사이를 역병이 파고들면 전쟁도 중단하고 역병부터 퇴치하듯이 지금 상황이 그랬다.

그는 옷을 갈아입고 예전에 압수한 서책 《귀경잡록》을 병풍 뒤에서 꺼냈다. 요상한 말이 가득한 도참비서답게 책은 살아 숨쉬는 듯한 기운을 풍겼다. 이 판본 역시 33장은 찢겨져 있었다.

'대체 이 장에 무슨 내용이 적혀 있을까?'

서 종사관은 장롱 속에 넣어둔 사건 기록지도 꺼냈다. 포도청에서도 해결 못한 팔도의 초현실적인 사건만 따로 모아둔 기록이었다. 그는 약 세 시간에 걸쳐 문서를 읽었다. 사특하고 어지러운 내용에 머리에서는 열이 났고 눈알은 빠질 듯했으며 입안은 바짝 말랐다. 마침내 기록을 덮고 눈을 비볐을 때 그의 뇌리에는 육십오능음양군자, 신비의 검은 돌, 웃는 낮의 남자, 빗살무늬 태양과 동심원의 달, 움직이는 흔들바위, 박고헌의 외눈고개 대첩, 아흔아홉 개 눈을 가진 붉은 승려, 철면선비, 당랑자의 날틀, 귀갑자의 사체부활법, 일신십두기문둔갑자의 수십 개 머리, 흡반원린자의 기상천외 변신술, 하충별인의 초신파합체 등…… 모독적이고 체제전복적인 상징들만이 남았다.

그는 달이 높이 뜬 하늘을 바라보며 육십오능음양군자에 대해 생각했다.

하늘과 땅이 아직 나뉘기 전의 상태를 혼돈(混沌)이라고 부른다. 태초에 천지개벽의 사업이 흥할 때 처음 나타난 인간의 조상을 중화(中華)에서는 반고씨(盤古氏)라 불렀다. 이 중화사상은 널리 영향을 끼쳐 고려 시대 김부식의 《삼국사기》에도 '반고씨가 하루에 아홉 번 변했다(盤古之九變)'는 글귀가 언급된다.

하지만 《귀경잡록》의 저자 탁정암은 이 개념을 단호히 부정했다. 금단의 학문을 접한 사람들은 뱀 껍질의 선비 탁정암이 국수주의(國粹主義)의 발로가 아닌, 진리에의 현찰(賢察)로 진정한 해답을 내놓았다고 믿어 의심치 않는다. 탁정암은 신비한 약초를 씹은 상태에서 혼돈의 해독과 우주의 비밀에 접근할 수 있었는데, 그에 의하면 천지창조의 주인은 설명이 모호한 반고씨가 아니라, 땅과 바다, 하늘과 지하, 만물의 이치와 천지의 조화를 예순다섯 가지 기적으로 실증한 육십오능음양군자이다.

육십오능음양군자는 모든 사물과 근원을 창조한 시원(始原)이다. 인간을 만든 장본인이지만 인간끼리 화목케 하지 않고 싸우게 함으로써 신의 존재를 깨우치게 한다. 인간이 화목하면 그 화목을 깰 침략자를 보낸다. 탁정암이 원린자라고 칭한 이 침략자들은 육십오능음양군자가 자신의 존재를 인간들에게 암시하기 위해 파견한 이계의 신하들이다. 그들은 밤하늘의 별이었고, 강풍과 미풍으로 사람을 웃고 울리는 바람이자, 추위와 더위를 번갈아 짐승을 죽이고 살리는 대기였다.

언젠가 서 종사관은 포도대장에게 질문을 한 적이 있었다.

"육십오능음양군자는 사악한 문사 탁 아무개가 나라를 어지럽히려 붓을 놀린 가공의 신입니다. 신은 모든 사물을 어질게 만들었습니다. 허나 인간끼리 싸우게 하려고 인간을 창조했다면 이는 어불성설일 뿐입니다."

"자네는 장기판 화투판이 왜 생겨났다고 보나?"

"인간이 만든 즐거움의 한 가지지요. 인간의 창조적인 슬기를 보여주는 아주 작은 예입니다."

"그렇다면 장기판의 말과 화투판의 화투장에게는 우리 인간이야말로 신이 아닐까?"

"육십오능음양군자에게는 우리 역시 장기말 화투장이란 말입니까?"

"그렇지. 신은 사물을 자신과 닮게 만들잖아?"

"장기나 화투 같은 대리 싸움 덕택에 인간이 실생활에서 피를 흘리는 일은 줄었습니다."

"인간이 본성을 드러내 칼을 뽑아 죽이기도 하는 곳이 도박판이란 사실을 유념하게."

"모든 사물은 신과 닮게 만들어졌다……."

"《귀경잡록》에 의하면 그렇다네. 인간이 살인, 투기, 절도, 강도, 불효 등 모든 패악을 저지르는 건 모두 육십오능음양군자와 닮게 만들어져서네. 다시 한 번 강조하네만 신은 모든 사물을 자기를 닮게 만들었으니까."

상념에서 깨어난 서 종사관은 복잡한 머리를 흔들었다.

'으음…… 육십오능음양군자의 꿈을 꾸고 증발한다……. 뇌성은 총성이다…….'

그는 종을 시켜 시원한 수정과를 가져오게 한 후 한 모금 마시고 또 생각에 잠겼다.

"병조판서 심영주는 힘세고 체격은 좋지만 나이가 쉰이 넘은 사람이다. 지금껏 사라진 이는 젊은 사람들이다. 심영주도 남원 현령 아들 이유석이 무당을 끌고 간 것처럼 다른 사정으로 끌려간 걸까?"

5

"육십오능음양군자의 꿈을 꿔 하루를 못 넘길 사람을 가족으로 둔 이는 종로의 '계룡산 정진인(鄭眞人)'을 찾으시오."

이런 방이 저잣거리 곳곳에 붙자 한양 백성들은 코웃음을 쳤다. 아무리 돈벌이가 궁해도 그렇지 겁도 없이 저 이름을 함부로 들먹이는 돌팔이 사기꾼이 있구나. 금서에 나오는 저 긴 이름은 적국(敵國)의 왕을 만세 부르는 것과 같아서 자칫 잘못하다간 잡혀갈 수도 있는데. 그러나 아무리 찢어내도 방은 꾸준히 새롭게 나붙었다.

7월 초여드레. 본격적인 더위가 시작되려는 낮이었다.

종로 육의전의 선전(비단상점) 골목을 돌아서 걷다 보면 나오는 버려진 우물 앞에 울상을 한 늙은 남자가 서 있었다. 그는 힘세 보이고 체격이 큰 젊은이를 하나 데리고 있었는데 그의 표정은 공허했다. 아까부터 이들을 관찰해 오던 우락부락하게 생긴 남자가 골목 그늘에서 잽싸게 튀어나왔다.

"여긴 임자 있는 땅인데 당신들 뭘 하는 게요?"

"정진인을 찾으러 왔소."

"잘못 찾아왔수다. 그런 사람 없소."

"내 아들인데 이 아이가 오늘 낮에 꿈을 꿨소. 육십오능……."

늙은 남자의 어투가 절박해졌다. 우락부락한 남자가 불을 토하듯 소리쳤다.

"어허! 그놈의 입 좀 조심하잖구! 따라 오슈!"

남자가 복잡한 골목으로 아버지와 아들을 인도했다. 시장통에는 건달패와 들치기 왈패들도 많아 어떤 위험이 부자를 기다리는지 알 수 없었다. 그러나 절박한 표정의 아버지에게 주저라고는 없었다. 할아버지 같은 나이의 그가 팔목을 잡아끌자 멍한 얼굴의 총각은 끌려가듯 따라갔다. 그들은 한참을 걸어 마당에 감나무가 있는 오두막으로 들어갔다.

정진인은 상투를 틀지 않은 채 머리칼을 길게 늘어뜨린 중년의 점쟁이였다. 호랑이 같은 눈에 총기인지 사기인지 구별할 수 없는 기운이 흘렀다. 그는 꿈의 내용은 대충 묻고 복채에 관해 길게 얘기했다. 믿음이 안 갔지만 늙은 아비는 사대독자인 이 아이만 살릴 수 있다면 아깝지 않다며 스무 냥을 내놓았다.

"아들을 안 사라지게 하려면 제를 올려야 하오. 내일 날이 밝기 직전에 일영대계(日映臺契, 종로구 서린동의 마을)에 있는 버려진 절로 오시오."

정진인이 말했다.

다음 날 새벽 늙은 아비 장원중은 아들 장영서를 정진인이 말한 횡곡사로 데려갔다. 인적 끊어진 절은 거북선과 왜선 사이에 있다가 양쪽의 화포 공격을 받은 듯 박살이 나 있었다. 당간지주가 부러졌고 승방 문도 깨졌고 불상은 절반이 부러진 채 먼지 바닥을 뒹굴었다. 다행히 정진인과 승려들은 있었다. 하지만 머리를 깎지 않은 승려들도, 사교 교주 같은 정진인도 별로 위안을 주지 못했다. 마치 마당놀이판의 변장한 남사당패 같았다.

승려들이 큰 직사각형 상자를 가져왔다. 정진인이 상자를 가리켰다.

"아들을 그 안에 들어가게 하시오."

"이건 관이 아닙니까?"

"그냥 관이 아니오. 사악한 기운을 막으려는 부적이 붙어 있소. 시간이 없으니 시키는 대로 하시오."

장원중은 영서의 등을 두들기며 일단 들어가자고 말했다. 상영서는 아버지의 말을 이해 못하는 것 같았다. 정진인이 차라리 잘됐다며 눈짓하자 승려들이 젊은이를 번쩍 들어 강제로 관 속에 눕혔다. 뚜껑에 빗장이 채워지자 승려들이 동서남북으로 에워싸 경을 읊기 시작했다. 장원중은 머리를 깎지 않은 승려들이 고기만 먹은 천하장사처럼 힘이 세고, 중구난방으로 더듬더듬 읊는 경도 서로 조화가 안 된다는 걸 알았다. 아무래도 자신이 속은 것 같았다. 그는 수시로 관을 향해 이름을 불렀지만 아들은 대답하지 않았다.

서서히 날이 어두워졌다. 저녁이 밤이 되도록 아무 일도 일어나지 않았다. 횃불은 켜지지 않았고 켜자고 말하는 이도 없었다. 침묵이 너무나 강해 앵앵거리는 모기 소리가 크게 들릴 정도였다. 멀리서 종을 스물여덟 번 치는 소리가 들려왔다. 통행금지를 알리는 인정(人定)의 시작이었다. 그때 관 속에서 등골을 오싹하게 하는 쿵쿵 소리가 들려왔다. 관 안에 누워 있는 자가 주먹으로 뚜껑을 치는 소리였다.

"새 하늘이 열린다! 새 세상이 당도한다! 소멸시켜라, 너의 육신을! 바쳐라, 너의 혼백을!"

놀란 아버지가 달려가 관을 두들겼다.

"영서야! 무슨 일이냐!"

"조용히 해! 이 미련한 작자야!"

정진인이 외치자 승려들이 장원중을 관에서 떼어 놓았다. 주먹으로 관뚜껑을 치는 소리는 계속되었다. 승려들은 관을 돌아보지 않고 절 주위의 나무숲만 바라보았다. 그러자 어둠 한가운데서 미세한 움직거림이 느껴졌다. 정진인이 눈을 크게 뜨더니

돌을 주워 나무 위로 던지자마자, 쿠쿵 하고 하늘을 찢는 뇌성
이 울렸다.

"마을 표지석 쪽의 나무 위다! 발포의 불빛을 봤다!"

정진인이 소리쳤다. 그는 도포자락을 휘날리며 달려가 단숨
에 담을 타넘었다. 다른 승려들도 그의 뒤를 따라 달렸다. 승방
안에서 제사를 준비하던 하인들이 제사상 대신 여러 개의 횃불
을 들고 나왔다. 미리 준비한 듯 활활 타오르는 횃불을 그들은
승려에게 하나하나 건넸다. 받은 승려들이 빠르게 달려 정진인
을 따라잡았다. 횃불은 어둠 속의 조명 역할을 훌륭히 해냈다.

"저기다! 나무가 흔들리고 있다!"

"나무와 나무 사이를 옮겨 다닌다! 놓치지 마라!"

정진인이 거추장스러운 도포를 벗어 던지고 뛰었다. 횃불 든
승려들도 가쁜 숨소리를 내며 달렸다. 그때 나무 위에서 검은
물체가 아래로 뛰어내렸다. 긴 막대기 같은 게 등에 붙은 사람
의 형상이었다. 역시 총을 맸구나! 정진인의 얼굴에 회심의 미
소가 흘렀다. 횃불이 성신인의 옆을 나란히 달렸다. 이 상황은
그를 표적으로 비추어 좋지 않은 결과를 초래할 수도 있었다.
과연 어둠 속을 달리던 검은 형상의 등에서 막대가 사라지고 화
승심지에 불이 붙은 치이익 소리가 울려 퍼졌다.

"총을 쏜다. 엎드려라!"

정진인이 소리쳤다. 검은 형상이 등을 돌려 총을 겨누었고 승려 하나는 진인의 명대로 엎드렸다. 하지만 다른 한 명은 용감하게, 혹은 무모하게 정면으로 횃불을 집어던졌다. 가까이까지 날아간 횃불이 총 가진 이의 모습을 비추었다. 그는 검은 두건으로 얼굴을 가린 남자였는데 살점이 날아간 것처럼 둥그런 눈을 갖고 있었다. 붉은 색으로 타오르는 눈이었다.

낙하하는 횃불은 잠시 비춘 그의 얼굴을 다시 어둠 속으로 묻어버렸고, 이번엔 손에 쥔 물건을 비추었다. 총신이 구불구불하고 자루도 엿가락처럼 휘어진, 몹시 기묘한 모양으로 개조된 화승총이었다. 심지가 다 타들어가 발포 직전이 되었다. 그가 총을 겨누자 쾅 하는 뇌성이 총구에서 울려 퍼졌고 횃불을 던졌던 승려의 육신이 팟 하고 사라졌다! 저격자가 뼈밖에 남지 않은 손가락을 대자 부싯돌을 댄 듯 심지에는 또다시 불이 붙었다.

어느새 따라온 승려들이 정진인의 뒤를 지켜 그들은 한 덩어리가 되었다. 수하를 잃었다는 사실에 분노한 정진인이 횃불 하나를 빼앗아 저격자에게 던졌다. 정통으로 명중한 횃불은 큰 타격을 입히지는 못했지만, 손가락만 대도 심지에 불을 붙인 저격자의 몸에 일시적인 큰 불을 일으켜 모습을 선명히 비추었다. 저격자는 움직임이 이상한 사람이었다. 여러 관절을 모아 붙인 것처럼 몸이 팔 따로 다리 따로 너덜거렸다. 떨어지지 않은 채 간신히 붙은 신체의 전부가 오징어처럼 흐느적거렸다. 해괴한 관절과 관절 부위를 검은 천이 가리고 있었는데 횃불이 꺼지면서 저격자의 몸도 어둠 속에 묻혔다.

총을 어깨에 멘 그는 지네처럼 후다닥 움직여 현장을 벗어났다. 모든 동작이 눈이 부실 정도로 빨랐는데 아무리 달려도 따라잡을 수 없는 속도였다. 뒤따라온 승려들이 단도와 철곤 등의 무기를 던졌고 퍼퍽 하는 소리도 들려오긴 했지만 중상을 입히지는 못했다. 젖 먹던 힘까지 다해 달렸으나 정진인 일행은 결국 저격자를 놓치고 말았다.

"서 종사관님! 그 몸을 봤습니까? 저놈의 정체가 대체 뭡니까?" 승려가 숨을 몰아쉬며 정진인에게 소리쳤다.

"나도 모르겠네. 김 포교! 마치 다리가 열 달린 바다 생물같이 움직였어."

"놈을 놓쳤습니다."

"하지만 세 영웅 포교들의 수사가 헛되지 않았다는 걸 입증했네. 역시 뇌성은 총성이있어!"

"그렇습니다!"

"그들은 아직 돌아오지 않았나?"

"예!"

가짜 정진인이자 포도청 종사관인 서만주는 그제야 생각났다는 듯 뒤를 돌아보았다. 포청 포교의 정체를 드러낸 승려들이 여기저기서 가쁜 숨을 몰아쉬고 있었다.

"윤 포교가 당했습니다."

포교들은 서로를 바라보다가 손가락이 여섯 개인 동료 윤찬녕이 안 보이는 걸 알고 침울한 분위기에 빠져들었다. 뇌성 증발의 광경을 실제로 입증한 건 동료의 사라진 육신이었다.

"장 선비의 아들은 어떻게 됐나?"

"모르겠습니다. 저희도 추격에만 정신이 팔려서……."

"가보세."

서 종사관과 포교들이 횡곡사 마당으로 달려갔다. 관 앞에서 장원중이 울고 있었다. 그의 팔에는 육신이 사라지지 않은 영서가 무사히 안겨 있었다. 그러나 사라져야 할 운명에서 강제로 돌아온 탓인지 영서의 표정은 이상했다.

6

그로부터 며칠 동안 증발 사건이 일어나지 않았다. 꿈을 꾸는 사람도 나타나지 않았다. 서 종사관의 보고를 받은 포도대장은 예기치 못한 복격(潛伏)으로 당황한 저격자가 몸을 숨긴 것으로 해석했다. 윤찬녕 포교를 잃어 침울한 분위기가 떠나지 않았지만 포청 사람들은 범인과 직접 맞닥뜨렸다는 현실에 처음으로 사건 해결의 희망을 보았다. 조정의 대소신료들도 덮어놓고 포도청을 비난하는 일을 잠시 중지했다.

두건으로 얼굴을 가리고 눈알이 커다랗게 그려진 용모파기가 저자바닥 이곳저곳에 나붙었다. "뺨에 점이 있음", "얼굴이 곰보임" 따위의 이따금 볼 법한 특이사항은 없었다. 대신 "뼈다귀가 없는 것처럼 온몸이 너덜거리는 자임. 곡선으로 구부러진 화승총을 가지고 다님. 현상금 일백냥"이라는, 보도 듣도 못한 글귀가 붙었다.

석 포교, 최 포교, 박 포교로부터는 소식이 없었다. 서 종사관은 불길한 마음이 들었다. 거리가 먼 평양과 남원은 그렇다 쳐도 한양의 석 포교로부터 며칠째 기별이 없는 건 이상한 일이었다.

과연 불길한 예감이 적중하기라도 하듯 오후에 서찰 하나가 도착했다. 평양의 최 포교가 첩자를 시켜 보낸 서찰이었다.

종사관님, 최영로입니다.

제가 평양에 다시 도착해 보니 부두목 독발이가 자취를 감추었습니다. 잔당들마저 남아 있지 않아 몹시 수상쩍습니다. 거상 이승현의 사업은 처남인 안기돈이 물려받았는데 어딘가 세력을 불려가고 있는 모습이었습니다. 그자가 독발이 일당을 처치한 건 아닌가 하는 의심을 거둘 수 없습니다. 그러나 문제는 그것이 아닙니다.

저 역시도 오늘 새벽 육십오능음양군자의 꿈을 꾸었습니다. 내일이면 저는 사라져 두 번 다시 종사관 나리를 뵈옵지 못할 것입니다. 꿈을 꾼 지금, 제 혼백이 어딘가에 빼앗겨 올바른 생각을 할 수가 없습니다. 말을 거는 거대한 빛이 맹목의 명령에서 벗어나 진정한 해탈을 찾으라고 한시도 저를 놓아주지 않습니다. 최대한 저의 정신을 집중해 이 서찰을 씁니다만 글이 뜻대로 써지질 않습니다. 부디 조심하십시오. 우리가 모르는 거대한 진실이 멀리 있지 않습니다. 육십오능음양군자는 이 천하의 진정한 주인입니다. 미천한 우리네 인간이 감당할 수 있는 상대가 아닙니다.

그동안 감사했습니다. 뫼시고 일할 수 있어서 크나큰 광영이었습니다. 제가 돌아오지 못하거든 염치 불고하지만 몽촌에 계신 어머님을 부탁드리겠습니다.

마지막으로 한 가지 더 알려드릴 소식이 있습니다. 하명하신 제사에 관해 알아보았는데 괴무기가 지낸 제사는 강감찬, 윤관, 서희 장군께 치성을 올린 제사였다고 합니다. 무당이 몸주로 모시는 옛 시대의 명장들이니 액운을 막아 달라고 제를 올린 듯 합니다.

서 종사관은 최 포교의 글씨가 분명한 이 서찰 앞에서 절망했다. 내 수하들이 꿈을 꿀 수 있다는 생각은 왜 하지 못했던가! 그들도 힘세고 체격 좋은 젊은이들이 아니었나? 하지만 슬픔보다 불안이 더 컸다. 최 포교가 사라진 이승현과 괴무기를 계속 캐고 다녔기에 육십오능음양군자의 꿈에 전염병처럼 당한 건 아닐까 하는 괴이한 생각 탓이었다. 가장 아끼는 사람 하나를 증발의 변으로 잃게 된 종사관은 소식 없는 석 포교, 박 포교를 걱정했다.

그의 불안은 적중했다. 어둠의 세력은 서 종사관에게 반격을 개시했다.

그날 밤 늦은 시각, 입초 포졸이 다급히 징을 울려 포청의 수직자들을 깨웠다. 포도청 마당에 시체가 발견되었다. 손발이 오랏줄로 묶이고 입에는 재갈이 채워진 시체는 하늘에서 떨어졌다고 한다. 두 쪽 눈알이 다 파이고 예리한 흉기에 정수리가 갈라지긴 했지만, 그가 명예로운 동료였던 석 포교임을 모르는 이는 없었다. 정수리에 말뚝처럼 꽂힌 벌침 모양의 쇠막대기에는 '밀승(蜜蠅)'이라는 두 글자가 새겨져 있었다.

어떻게 시체가 하늘에서 떨어지느냐는 수직 포교의 호통에 입초 포졸은 대문이 열리지 않은 사실을 증거로 내세웠다. 아울러 동쪽 문을 지키는 포졸은 무거운 물체가 떨어지는 소리가 나서 달려갔을 때 하늘 멀리 사라지는 윙윙 소리를 들었다고 했다. 그 소리는 거대한 곤충의 날개 소리와 비슷하다고도 했다. 새벽에 소식을 접한 서 종사관이 급히 포청까지 말을 타고 달려왔다.

믿었던 수하를 둘이나 잃은 슬픔은 곧 충격에 자리를 내줬는데, 감시 받던 악한들이 오히려 이쪽의 움직임을 농락하고 있다는 확신에서 비롯된 충격이었다.

서 종사관이 거적으로 덮은 석 포교의 시신 앞에서 망연자실하고 있을 때, 포도청 바깥에서 비웃는 것 같기도 하고 화가 난 것 같기도 한 고함이 들려왔다.

"나는 남원 형방 윤설원이오! 자수하려고 왔소! 뇌물도 가져왔으니 받으시오!"

잘린 팔 두 개가 담을 넘어 날아들었다.

사건의 엄중함을 알리는 햇불이 활활 켜졌다. 포청 마당에는 형틀에 주리 압슬 의자까지 놓였지만 그 앞에 묶인 윤설원은 전혀 겁먹은 얼굴이 아니었다. 밀랍 같은 얼굴은 비현실적이었고 요상한 기운이 신체의 구멍마다 뿜어져 나왔다. 오히려 서 종사관 쪽이 긴장을 감추지 못했는데, 그 이유는 윤설원이 포청 마당으로 집어던진 팔 두 개가 박인좌 포교의 것이라 주장한 까닭이었다.

서 종사관이 직접 추궁에 나섰다. 그의 오른편에는 장막을 두른 가마가 놓여 있었는데 가마 안에는 포도청에서 보호해온 누군가가 타고 있었다. 서 종사관이 소리쳤다.

"윤설원! 저 팔이 박인좌 포교의 팔이 맞다면 너는 살인죄를 저지른 것이다! 그를 왜 죽였느냐?"

"꿈도 꾸지 않은 주제에 육십오능음양군자에게 가까이 가려 했기 때문이오."

"네놈은 관리 신분을 갖고 있음에도 사악한 예언서를 소지한 적이 있어. 네놈 혼자만의 짓이 아닐 것이다. 배후가 누구냐?"

"진도에 귀양 가 있는 대군을 말하는 것이오? 나의 상전인 이성한을 말하는 것이오?"

서 종사관은 겁도 없이 척척 늘어놓는 윤설원의 기세에 적잖이 놀랐다. 포청의 수뇌부들이 비밀로 지키려 했던 것이 예상도 못한 작자의 입에서 쉽게 흘러나왔다.

"그자들이 네 동패냐?"

"그렇소."

"그렇다면 털어놓아라. 너희들은 무슨 계획을 세우고 있었느냐?"

"새로운 세상을 꿈꾸었소. 내 발로 이곳까지 온 것은 그 사실을 알려 주기 위해서요. 이제 곧 하늘 문이 열리고 지상의 자물쇠가 풀리면 고대의 존재들이 자유를 찾아 나올 것이오. 불의 무지개가 아침을 열 것이며 피의 폭포가 멈춤 없이 흘러내릴 것이오. 단죄는 거행되고 불평등의 토지에는 새 싹이 트게 될 거요. 그때면 당신의 그 벼슬자리도, 당신이 노리는 포도대장 자리도 하찮은 것이 되오. 곧 열릴 새 세상을 직접 눈으로 보면 알 것이오."

"개괄(槪括)은 그만두고 구체(具體)로 고하라! 허황된 네놈 주장대로라면 열릴 새 세상을 위해 무엇을 하려 했느냐?"

"사람들을 증발케 했소."

"네가 한 짓이냐?"

"나는 그런 일을 할 수 없소. 기적을 보인 이는 육십오능음양군자요."

"그건 총이었어!"

"육십오능음양군자요."

"네 처도 희생자가 아니더냐?"

"내 처는 이 세상에서 가장 뛰어난 《귀경잡록》의 해독인이요. 당신들은 사또와 내 처가 부정한 사이인 줄 알고 있지만, 실은 스승과 제자의 사이였소. 사또가 해독할 수 없는 《귀경잡록》의 어려운 장에는 내 처의 빼어난 주석(註釋)이 붙어 있소. 그녀는 조선 최고 금단의 여류 문인이오. 나도, 이성한 사또도, 당신이 감시한 마풍륜과 이지산도, 독발이와 안기돈도 가까운 사람을 기꺼이 바쳤소. 당신이 말한 그런 '희생'이 아니고서야 신에게 가까이 갈 수는 없기 때문이오."

"고얀 놈……. 이제 보니 너희들 모두가 동패로구나! 우리의 감시를 알고 오히려 우리를 농락해 왔어! 대체 목적이 무엇이더냐? 대군의 반정(反正)이더냐? 그래서 나라를 지킬 힘 있고 체격 좋은 젊은이들부터 제거한 것이더냐?"

윤설원이 고개를 젖히고 웃었다.

"새 하늘이 열린다는 답을 줘도 아무것도 모르는구나. 달을 가리키면 손가락만 보는 놈들."

서 종사관의 음성도 격노로 부들부들 떨렸다.

"말로 해선 안 되겠구나! 여봐라! 저놈이 두 번 다시 걷지 못하도록 주리 압슬로 다리부터 부러뜨려라!"

"안 됩니다. 저를 그 자 앞으로 데려가 주십시오."

가마 안에서 굵직하지만 성급하지 않은 소리가 나왔다. 윤설원의 동요 없던 눈도 그쪽으로 돌아갔다. 서 종사관이 분노를 참으며 손짓하자 포졸들이 가마 안에서 젊은이 하나를 끌어내렸다. 힘세고 체격 좋던 그는 죽음에서 살아 돌아온 이후 비쩍 말라 시체 같은 형상을 하고 있었다. 윤설원의 밀랍 같은 허연 얼굴에서 화난 음성이 터져 나왔다.

"네놈은 위대한 존재의 꿈을 꾸고도 사라지지 않고 육신이 붙어 있구나! 어떻게 그럴 수가 있지?"

"총을 쏜 자가 육십오능음양군자가 아니기 때문이지."

장영서가 말했다. 죽음을 피해간 그는 저승의 비밀을 알아낸 충격 때문인지 외형이 무섭도록 변했다.

"꿈을 꾸고도 사라지지 않은 덕분에 너를 똑바로 볼 수 있다. 너는 이곳에 있지 않아. 너는 허상에 불과해. 남원에도 조선 어디에도 더 이상 너는 없어. 증발이 된 다른 사람하고도 달라. 너의 실체는 저 멀리 어딘가에 가 있다."

"틀리지 않았다. 나의 정신은 문곡성(文曲星)에 가 있다. 이 육신이 쓸모없는 곳 말이다. 나는 간택받은 몸이다. 신체발부수지 육십오능음양군자! 그곳에서 나는 신이 된다. 신이 되어 모든 사물의 정수와 우주의 비밀을 터득한다. 그게 존재의 이유이다. 하지만 너희들에게 남은 건 지옥의 아수라장일 뿐이지."

윤설원이 자리에서 일어섰다.

"나는 사자(使者)의 임무를 띠고 알려 주려고 여기 온 것이다. 모르고 당하는 것은 신의 섭리가 아니라 짐승의 재난일 뿐이다. 이제 곧 단죄의 불길이 일어난다. 피하지 말고 섭리를 받아들여라. 하하하하하하하!"

윤설원의 얼굴에서 허연 가루가 떨어졌다. 지직거리며 피부가 서서히 갈라졌다. 벌집 모양의 무수한 육각형으로 피부는 산산조각났다. 말하고 있는 입도 깜빡거리지 않는 눈도 무수한 파편으로 분리되었다. 내부에 있던 핏물이 회오리바람을 일으키며 육신 바깥으로 나왔다. 그럼에도 윤설원은 고개를 젖히고 웃었다. 곁에 있던 형리가 놀라 넘어졌다. 피보라를 배경으로 뿌리며 형방 윤설원의 육신은 먼지뭉치로 사라졌다.

눈앞의 괴변에 놀란 포청 사람들이 우왕좌왕할 때 어디선가 심장 박동 같은 말발굽 소리가 들려왔다. 모두의 고개가 그리로 향했다. 파발마에서 전령이 뛰어내렸다.

"경상도 섭주 관아에서 왔습니다! 급보입니다! 섭주에 난리가 났습니다!"

"난리라니 대체 무슨 소리냐?"

"걸어다니는 시체가 사람을 습격했습니다!"

"뭣이! 걸어다니는 시체? 무슨 일인지 소상히 얘기해 보거라!"

서 종사관의 안색이 파랗게 변했다.

파발꾼이 급보로 알려온 소식은 어제 섭주에서 벌어진 괴변으로, 과거시험 도중 벌어진 참사였다. 가장 빠른 말을 갈아타 쉬지 않고 달렸지만 한양까지 오는 데만 꼬박 하루가 걸렸다. 통신정보와 교통수단이 발달하지 못한 시대이니 당연한 귀결이었다.

금년, 섭주에서 증광시(增廣試)가 열린 이유는 주상전하께서 세자 저하를 얻으신 경사 덕분이었다. 이 이야기의 시작 부분에 "전국에서 (증발 사건의) 피해가 속출했지만 눈과 귀가 막힌 임금은 이 사실을 몰랐다"는 말은 바로 이 득남의 기쁨 때문에 주변을 돌아보지 않은 주상의 무관심을 가리킨 것이었다.

소과 아닌 대과였음에도 임금의 고집으로 수도 한양이 아닌 경상도 섭주에서 시험이 열렸다. 중전이 섭주를 유람할 때 세자를 수태했기에 임금에게 섭주는 신령스러운 땅이었던 것이다. 때문에 좁은 시골인 섭주의 관리들은 경복궁 근정전처럼 큰 시험장을 만드느라 애를 먹어야만 했다.

마침내 섭주 수낭 마을 야산에 평토 작업이 이뤄졌고 임시 과거 시험장이 급조되었다. 장소 선정보다 장원 급제가 중요한 전국의 선비들은 천 리 길을 마다않고 섭주로 몰려들었다. 그중에는 남원 이방의 아들 김자상도 있었다. 넓게 깐 돗자리에 열을 지어 앉은 선비들은 출제된 유교 경전 해석에 열을 올렸다. 먼 길을 온 김자상은 피곤이 극에 달해 공부했던 내용이 잘 떠오르지 않았다. 어깨가 아파 잠시 허리를 펴는데 부정행위를 적발하는 감시관(監試官) 너머로 술 취해 걸어오는 사람이 눈에 띄었다. 그는 옷을 걸치지 않은 알몸인 남자였는데 '힘이 세 보이고 체격 건장한' 상하반신에는 피와 상처 자국이 가득했다. 자세히 보니 술 취한 걸음이 아니라 뼈다귀가 굳었는지 펴고 굽힘이 어려운 걸음이었다. 비척비척 걷는 품에 김자상은 시험도 잊고 키득거렸다.

'완전 미친놈이로군.'

감시관들은 등을 돌리고 있었기에 벌거숭이를 보지 못했다. 그러자 연단 위에 있던 예조 전랑 하나가 벌떡 일어나 소리를 쳤다.

"이봐! 거기 감시관! 시험장에 왜 저런 거렁뱅이를 출입시키나?"

전랑의 고함에 뒤 돌아본 감시관은 뭐라 항변하기도 전에 벌거숭이의 습격을 받았다. 벌거숭이는 크게 벌린 입을 감시관의 어깨에 박았는데 이빨질 한 번에 옷과 살점은 한 움큼이나 떨어지고 폭포가 거꾸로 쏟아지는 것처럼 피가 솟구쳤다. 청명한 하늘에 선비들의 옷마저 하얗기에 붉은 색채는 무섭도록 선명했다. 체통이고 법도고 까맣게 잊은 선비들은 서로 구르고 넘어지고 채여 일대 혼란이 일어났다.

이속들이 달려오고 시험장 경비를 맡은 섭주 관아의 장교도 달려왔다. 감시관의 어깨는 크게 파여 피가 멈추지 않았다. 비명을 지르는 그의 위에서 벌거숭이는 우적거리며 살점을 씹어댔다. 장교는 육모방망이를 빼들었으나 다리를 후들후들 떨었다.

"이…… 이놈! 해괴한 짓 당장 그만두지 못할까!"

'힘세고 체격 좋은' 벌거숭이가 고개를 쳐들자 노랗게 변한 눈 속의 붉은 눈동자가 귀기를 뿜었다. 장교가 육모방망이로 벌거숭이의 머리를 쳤다. 머리가 터져도 벌거숭이는 끄떡도 하지 않았다. 오히려 장교가 벌거숭이 두 팔에 와락 잡혀 허리조이기를 당했다. 두 팔을 못 쓰는 상태로 장교는 코를 깨물렸다. 얼굴에서 쏟아지는 피가 번쩍 들린 발 아래의 시험지를 적셨다. 누구인지는 몰라도 그 시험지의 주인은 과거 시험의 자격 박탈이 확실해졌다.

장내는 일대 아수라장으로 변했다. 시험지는 찢어지고 갓은 날아가고 봇짐은 마구 밟혔다. 소식을 듣고 우루루 달려온 군병들이 창칼을 쥔 채 벌거숭이를 에워쌌다. 벌거숭이가 고개를 들고 포위망을 둘러보는데 나무 뒤에 숨어 있던 김자상은 그의 얼굴을 알아보았다.

"자네는 남원 사또의 아들 유석이 아닌가! 나일세, 자상이! 우리 아버지는 이방이었잖아! 함께 공부하고 친구처럼 지내기로 한 나를 모르겠나?"

벌거숭이는 증발한 이유석이 맞았지만 상대를 알아보지 못했다. 그가 대답 없이 휘두른 손짓에 군병 하나가 머리를 붙잡혔다. 이유석이 "꾸아아아악!" 하는 괴성과 함께 양손에 힘을 가하자 좌우로 밀려오는 압력을 이기지 못한 군병의 머리에선 눈알이 퍽 빠졌다.

동료가 당하자 군병들의 무자비한 공격이 시작되었다. 창이 가슴에 박히고 칼에 팔이 베어도 이유석은 끄떡없이 움직였다. 움직일수록 처음의 굳음도 차츰 완화가 되어 사람들을 집어던지고 발로 차고 머리로 받는 등 잔혹한 폭력을 선보였다. 만약 그가 오랑캐와 싸우는 군졸이라면 사상 최강의 일당백의 용사이기에 충분했다. 겁이 난 선비들은 한 덩어리가 되어 구석으로 몰렸다.

군병 지휘관이 그깟 한 놈 쓰러트리지 못하고 뭐 하느냐고 고함을 쳤다. 그는 최대한 이유석과 떨어진 거리에서 소리만 질러댔다. 더 많은 창칼이 날아오고 이유석의 몸은 고슴도치가 되어 갔다. 머리에 칼까지 박히고서야 그의 움직임이 둔해졌다. 끔찍한 난도질에 이유석은 다진 생고기 꼴이 되었지만 죽지는 않았다. 김자상은 꿈틀거리는 그에게 떨면서 다가갔다.

"자네, 유석이 맞지? 대답하게. 자네 아버님은 남원 향청에 계시잖아? 자네도 그 꿈을 꾸고 사라졌다고 들었는데 어떻게 섭주에 있는 거야……?"

괴인은 동문수학한 사람을 알아보지 못하고 으르렁거렸다. 노란 눈에 붉은 눈알이 살육의 원성을 냈다. 누군가 목덜미를 잡아당기는 바람에 김자상은 생살을 뜯어내는 이빨 공격을 피할 수 있었다. 다시 창칼이 날아들었지만 이유석은 끝내 죽지 않았다.

급보를 들은 서 종사관은 몸을 떨었다.

"지금 한 이야기가 정말인가?"

"거짓이 아니옵니다. 여기 섭주 사또께서 직접 보낸 서찰이 있사옵니다."

서찰은 살아 있는 귀신을 직접 본 공포를 그대로 전달하는 듯 한자가 삐뚤고 먹물이 여기저기 튀어 있었다. 전투 도중에 쓴 것 같은 서찰 앞에서 서 종사관은 사태의 심각성을 느꼈다. 증발의 화승총까지 밝혀낸 마당에 살아 있는 시체가 없을 리 어디 있으랴. 하지만 궁금증은 따로 있었다.

"어떻게 남원에서 증발한 이유석이 섭주에서 물괴가 되었단 말인가?"

포도대장은 서찰을 두 번이나 읽었다. 창칼로도 죽지 않는 알몸의 물괴가 지금까지 섭주에 세 명이 출현했다며 포도청의 신속한 대응을 요청하는 내용이었다.

"물괴들이 무덤을 뚫고 나온 건가?" 서 종사관이 파발꾼에게 물었다.

"그런 것 같지 않사옵니다. 부패한 흔적도 없고 수의를 입지도 않은 알몸이었사옵니다. '힘세고 체격 좋은 시체들'이 움직여 사람을 습격하는데, 어디서 나왔는지 도통 모르겠사옵니다."

"힘세고 체격이 좋다구?"

차오르는 공포에 서 종사관은 숨이 가빴다. 그때 가마에 기대어 있던 장영서가 다시 다가왔다. 점점 얼굴이 시체처럼 변하고는 있었지만 그의 눈에선 빛이 났다.

"그자들이 바로 화승총을 맞고 증발한 자들입니다."

"어떻게 그게 가능하단 말인가?"

"가능합니다. 세 명이 모습을 드러냈기에 그들이 어디 있는지 알 수 있게 됐습니다. 속히 섭주로 대군을 모아서 가야만 합니다."

"잠깐만, 생각 좀 해야겠어. 이런 허황된 보고에 대군을 몰고 가야 한다고?"

영서는 천당과 지옥의 중간쯤에 있는 듯한 공허한 음성으로 물었다.

"주상전하가 지금 어디 계십니까?"

"주상전하는…… 증광시를 참관하러 가 계시지. 섭주에……."

서 종사관의 얼굴이 굳어졌다.

"맞습니다. 제가 출발했을 때도 어가(御駕)는 섭주에 있었습니다." 파발꾼도 고개를 끄덕였다.

"그럼 이대로 있으면 안 될 일 아니겠습니까?"

영서가 말했다.

8

서 종사관은 포도대장의 허락을 얻어 정예기병 천오백을 거느리고 섭주로 출발했다. 물괴가 세 명임을 고려하면 지나친 숫자의 파병이었으나 주상전하가 계시니 지체할 수 없었다. 서 종사관은 영서를 동행시켰는데 화승총의 증발을 피한 그는 원린자의 법력을 터득한 것처럼 예지력이 향상되어 있었다. 곁에 있으면 도움이 될 것 같았다.

"섭주 청귀골로 가야 합니다. 나리가 원하시는 건 거기 있습니다."

"화승 총잡이가 거기 있느냐?"

"그렇지 않습니다. 그러나 증발한 자들이 죽지 않고 한데 모여 있습니다."

"몇 명이냐 되느냐?"

"모르겠습니다. 저도 모든 것을 알지는 못합니다. 애당초 그곳이 '힘세고 체격 좋은' 군대를 양성할 집합소라는 건 희미하게 소식이 들어오고 있습니다. 그 세 명의 출현으로 알게 되었습니다."

"그 총을 맞으면 증발하는 것이 아니라 섭주에 가서 시체 군병이 된단 말이냐?"

"그 총은 한 번 맞기만 하면 지정한 장소로 육신이 옮겨가는 경소전이장(境所轉移杖)이란 막대기로 만든 것입니다."

"공간을 이동하는 막대기? 그런 뜻인가?"

"맞습니다."

"너는 그걸 어떻게 아느냐?"

"그 총은 납탄을 쓰는 것이 아니라 빛의 탄환을 씁니다. 경소전이장의 막대기에서 나온 빛이 육십오능음양군자의 신비력을 풀어 명중당한 사람을 다른 장소에 옮겨버리는 겁니다. 화승총 가진 사나이가 저를 쏘았을 때 저는 종사관님 덕분에 빛을 피할 수 있었습니다. 대신 그자의 지식이 일부 저에게로 '경소전이' 된 것입니다. 물론 전부는 아닙니다. 말씀드렸다시피 일부일 뿐입니다."

"그 저격자는 대관절 누구냐?"

"모르겠습니다. 아마 육십오능음양군자의 수하 중 하나일 것입니다."

"그자의 속셈은 시체의 대군으로 우리나라를 집어삼키려는 것이냐?"

"그럴 것입니다."

"잡을 방법은 없겠느냐?"

"그자가 쏴서 실패한 사람은 제가 처음입니다. 제 발로 이 몸을 찾아올 것입니다."

"너의 목숨은 내가 책임지고 지켜주마. 전에도 그랬듯이."

서 종사관은 그러나 자신이 없었다.

다음 날, 한양에서 쉬지 않고 행군해 막 도착한 포도청 군사
는 섭주에서 가려 뽑은 속오군 부대와 합류했다. 섭주 현령은
그 사이 한 명의 물괴가 더 나와서 모두 네 명의 물괴를 처치했
다고 한다. 서 종사관이 어디 있냐고 물으니 불에 태웠다고 했
다. 태워야만 죽더라는 것이었다. 그 물괴는 무당이었는데 시험
장에 출현한 최초의 물괴를 아는 듯 그를 태운 재 곁에 붙어 있
으려 했다고 한다. 체격이 작고 움직임도 원활해 사로잡으려 했
지만 계속 덤벼서 죽일 수밖에 없었다 한다.

'그 여자가 이유석이 잡아당긴 남원의 무당이로군.'

"주상전하는 어디 계시오? 이번 일을 알고는 있으시오?"

"하늘이 도왔는지 과거시험이 있던 날 발목을 삐어 객사에 묵
으셨소. 그래서 이번 괴변을 모르고 계시오. 오늘 새벽 한양으로
올라가셨으니 지금 상주쯤 당도하셨으려나……."

"올라가셨다고요?"

앞서 언급했듯 교통수단과 정보통신의 미비에 따른 길의 엇갈림이었다. 서 종사관은 불안을 느꼈지만 무서움이 감도는 섭주를 일찍 떠나셨다니 차라리 잘됐다 생각하기로 했다. 영서가 서 종사관의 옷깃을 잡아당겼다.

"지체하면 안 됩니다. 청귀골로 속히 가야 합니다."

"움직이는 시체들이 더 있느냐?"

"그건 모르지만 장소는 느껴집니다."

서 종사관이 그에게 길 안내를 시켰다. 언제 빛의 흉탄이 장영서의 목숨을 노릴지 몰라 긴장했다. 너덜거리는 몸에 두건을 두른, 눈알 둥그런 그 총잡이의 정체는 대체 뭘까?

영서는 더 이상 웃지 않았고 쇳소리를 냈는데 피부도 수축해 백골만이 남았다. 체력이 급격히 쇠약해져 원주에서부터는 가마로 이동해왔다. 이동 내내 잠을 잤는데 한 번 깨어날 때마다 예언과도 같은 말을 남겼고 사람들이 하는 질문에는 답을 하지 않았다. 그가 청귀골 가는 가마 안에서 불쑥 말했다.

"그자들은 존비일신(尊卑一身)이라고 부릅니다. 줄여서 존비라고 하지요. 그자들이 임금을 시해하고 장차 나라를 탈취하려 합니다."

"존비가 무엇이냐?" 서 종사관이 깜짝 놀라 물었다.

"귀하거나 비천하거나 죽어서는 똑같은 물괴란 말이지요."

영서는 대답을 마치자마자 또다시 잠에 빠져들었다. 섭주에 도착했을 때부터 실신의 빈도가 잦다. 제공받은 정보의 실체도, 제보자의 얼굴에도 다른 차원의 냄새가 가득했다. 《귀경잡록》을 읽었기에 짐작할 수 있는 냄새였다.

합동군은 이동을 서둘러 청귀골에 당도했다. 검게 탄 흔적이 있는 들판이 그들을 맞이했다.

"정말 이곳에 움직이는 시체들이 더 있다고?"

섭주 현령은 못 믿겠다는 투였다. 그는 함흥에서 섭주로 새로 부임해 온 관리였다. 그러나 섭주 토박이들은 이 마을에 겁을 냈다.

청귀골은 2년 전 봄부터 역병이 번져 촌민들이 떼로 죽어나간 악몽의 장소였다. 백성들은 열병을 앓다가 한 말이나 되는 피를 토하면서 죽어나갔다. 같은 방에 있던 사람이 전염되어 죽었고 이웃으로 번진 전염은 삽시간에 마을 전체를 장악했다. 옆에서 옆으로 터지는 피 기침이 옷을 물들였고 집을 벌겋게 채색해 멀리서 보면 마을 전체가 피 색깔이었다.

역병구제를 위해 달려온 관헌들도 죽었고 돌아오지 않는 그들을 확인하러 간 관리도 죽었다. 극단적 방역의 명으로 마을은 강제로 버림받았는데, 8개월 뒤에 조심스럽게 관헌들이 접근하니 기다렸다는 듯 또 역병이 번져 떼죽음이 잇따랐다. 조정에서는 붉게 변한 청귀골에 불을 질러 나름의 '소독'을 한 다음 형식상의 순찰만을 보냈을 뿐 사람의 거주를 허락하지 않았다. 영서가 지친 기색으로 눈을 떴다.

"역병이 아닙니다. 누군가 사악한 거사를 행하기 위해 대량 학살을 역병으로 위장해 마을을 일부러 조정의 시야에서 차단한 것입니다."

"일부러 이 날을 위해 준비했단 말이냐?"

"물괴 군대를 양성하려면 사람들의 눈길을 피해야 하지 않겠습니까?"

실질적 지휘관인 서 종사관은 영서의 말을 믿었지만, 병졸들은 가마 탄 미치광이의 말을 못 믿어 두건으로 입을 막았다.

2천여 명의 군사가 청귀골 깊숙이 들어갔다. 인적이 끊어지고 타버린 재 흔적이 고스란한 청귀골은 흉가 마을처럼 보였다. 방화의 채색에도 버려진 집마다 핏자국이 남았다. 새 소리도 안 들렸고 산짐승도 안 보였다.

요상한 기운이 흘렀다. 정확히 말하자면 '기운이 멀어져 간 것'이었다. 고뿔로 고생하다가도 한약을 지어 먹으면 몸살이 완화되고 마침내는 훌훌 터는 법인데, 지금 청귀골에 닿은 사람들이 그랬다. 뭔가 이곳에서 무서운 일이 있었는데 지금은 물러간 기분이었다. 역병은 아니고 보다 사악한 그 무엇이.

"으으으으!"

눈을 까뒤집은 영서의 입에서 비인간적인 음성이 흘러나왔다. 그것은 무당의 주문과도 비슷했고 오랑캐의 외국어와도 비슷했는데, 오직 서 종사관만이 이계의 언어임을 알 수 있었다. 기나긴 읊조림 끝에 한 마디 조선말이 탄식처럼 나왔다.

"늦었습니다! 이미 떠났어요! 산성 밑입니다!"

그가 손가락으로 가리킨 곳에 돌을 쌓아올린 방어벽이 보였다. 임진왜란 시절 이곳에서 전투가 벌어졌을 때 왜적이 쌓아놓은 방어용 산성이었다. 탈환에 성공하고도 조선군은 이 독특한 양식의 건축물을 허물지 않았다. 서 종사관이 달려가 보니 일부러 돌무더기를 높이 쌓은 귀퉁이가 수상했다. 군졸들이 돌을 치우니 지하 공간으로 가는 입구가 드러났다. 거대한 지하 동굴은 깊이를 가늠할 수 없었다. 횃불을 들이밀자 큰 나무를 눕혀 만든 계단이 드러났다. 서 종사관이 앞장서 들어갔다.

"누가 이런 걸 만들었는지 믿을 수가 없구나."

그것은 바위로 눈을 가리고, 역병으로 접근을 막은 비밀통로였다. 음모를 위한 전초기지이자 거사를 대비한 은신처의 입구가 틀림없었다. 대체 누가 무엇을 위해 이런 걸 땅속에다 만들었을까? 아무것도 모르는 군졸들은 역병에 대비한 피난처라고만 생각했다.

어둠 속으로 진입한 순간 그들은 차오르는 공포에 몸을 떨어야만 했다.

급조한 횃불로 지하에 들어간 그들이 발견한 것은 500여 개의 감옥이었다. 차갑고 축축한 습기와 악취가 등천하는 땅굴 속에 한 사람이 들어갈 수 있는 독방 뇌옥이 가득했다. 양쪽으로 마주 보는 뇌옥 사이에는 통나무 창살이 튼튼하게 버티고 섰다. 아무리 힘이 센 자라도 톱이 없는 이상 탈옥은 불가능했다. 전체 공간이 웬만한 시골 장터보다 더 넓었는데, 설계와 완성도 그리고 내구성을 감안한다면 확실한 목적 아래 설치된 것이 분명했다. 역병으로 인한 외부와의 차단은 바로 이 지하뇌옥의 은밀한 제작과 관련있을 터였다.

옥리가 다닐법한 창살 사이의 길은 미로처럼 꺾이고 구부러져 이 지하 감옥의 완전한 규모가 어느 정도일지 짐작조차 어렵게 했다. 돌벽에는 횃불을 걸 수 있는 시렁이 있었지만 불은 꺼져 있고 감옥도 텅 비어 있었다. 깔린 짚단에 뿌려진 핏자국과 속을 메스껍게 하는 악취는 최근까지도 누군가가 있었음을 짐작할 수 있게 했다. 감옥 어느 방에나 땅에 단단히 뿌리박힌 정(釘)에 쇠사슬이 붙어 있는데, 갇힌 사람의 움직임을 허용치 않는 흉맹한 구속장비임에 틀림없었다.

"이건 대피를 위한 장소가 아니다!"

서 종사관이 횃불을 빼앗아 직접 감방과 통로를 비추었다. 벽마다 육십오능음양군자라는 한자가 새겨져 있었다. 손톱이나 돌멩이로 쓴 듯한 글귀였고, 육십오능음양군자를 직접 그린 그림도 있었다. 그것은 한 번 보는 것만으로도 혼백이 이탈되고 미래가 두려운, 모독적이고도 섬뜩한 상상불허의 형상이었다.

《귀경잡록》이 놓여 있는 방도 있었다. 펼쳐보니 역시 33장은 사라지고 없었다. 서 종사관은 영서에게 물었다.

"증발한 자들이 여기 모여 있었단 말이냐?"

"그렇습니다. 그런데 한발 늦었습니다."

"어째서지?"

"여기 갇혀 있던 자들은 이미 어딘가로 출병한 것입니다. 네 명의 물괴가 사슬을 끊고 마을에 나타났으니 이곳이 발각날 것은 시간문제였지요. 게다가 한양으로 돌아갈 임금을 중간에서 치려고 준비까지 마쳤을 것이고요. 존비들을 부리는 사악한 존재에 의해 소리도 없이 진군했을 겁니다."

"뭐라고! 이거 보통 일이 아니로구나!"

"과거시험장에 나타난 존비 하나를 제압하는 데 열 명 이상의 힘이 들었습니다. 이 뇌옥의 방 수는 500개, 저들은 일당백입니다. 5만 군졸, 50만 군졸이 필요할지도 모르나 이길 수 없는 싸움입니다. 군량미도 더위와 추위도 부상 치료도 필요 없는 존비들에겐 육십오능음양군자에의 헌신밖에 없습니다. 이 세상의 힘으로 이길 수 없는 저 세상의 용맹으로 무장하고 있으니, 임금을 살리고 싶다면 속히 어가로 파발꾼을 보내 쉬지 말고 한양까지 이동하라 알리는 수밖에 없습니다. 중도에 쉬면 그들에게 잡힐 것입니다."

"만약 그 시체 군졸들이 한양을 친다면 우리가 막아낼 수 있겠느냐?"

서 종사관 옆의 섭주 현령이 물었다. 영서는 대답을 돌려서 했다.

"우린 일생일대의 위험에 처했습니다."

영서의 눈이 감겼다. 다급한 서 종사관이 영서의 뺨을 쳤다.

"또 잠이 들어 대답을 피하려느냐? 속 시원히 밝혀다오! 어떻게 하면 저놈들을 막을 수 있겠느냐?"

그때 와르르 하는 거센 폭발음과 함께, 동굴 입구로 들어오던 빛이 사라졌다. 동굴 안에 들어온 군졸은 불과 20여 명. 동굴 바깥에서 어떤 힘이 작용해 입구를 막아 버린 것 같았다. 바깥의 군졸들이 어떻게 되었는지 아는 사람은 없었다. 영서의 이마가 혹처럼 불끈불끈 튀어나왔다가 줄어들기를 반복했다. 그의 눈알이 위로 향하면서 얼굴이 끝도 없이 실룩거렸다. 목도 팽창했다가 줄어들고 혓바닥이 길게 나왔다가 들어갔다. 영향력 있는 자가 가까이까지 접근해 온 바람에 이계의 지식을 얻은 그는 눈을 크게 뜨고 말했다.

"그자가 왔습니다! 잊지 마십시오! 화승총을 가진 자의 이름은 전평경입니다!"

"전평경?"

"그렇습니다! 그는 이미 오래 전에 죽은 사람입니다. 야음(夜陰)의 기운으로 그를 불러내 역모에 이용한 자는…… 병조판서 심영주입니다!"

"심영주라고!"

군졸들 사이에서 어떤 기운에 의해 후퇴해 오는 소란이 있었다. 어두운 땅굴 안에서 귀를 찢는 뇌성과 함께 여기저기 섬광이 번득였다. 뇌성은 총성이었다. 비명과 일대 소란이 일어났다. 불꽃이 일고 발포의 조명이 사라지면서 군졸들의 형상이 팟팟 사라졌다.

"놈이 여기까지 왔구나!"

서 종사관이 칼을 빼들었다.

"우리를 유인하려는 계책이었어."

"아닙니다. 명사수인 그는 실수를 만회하려고 온 겁니다. 놈이 노리는 건 납니다. 비밀을 알게 된 나를 죽이려고 온 겁니다."

팟! 팟! 하는 소리가 커지며 땅굴을 밝히는 빛도 점점 늘어났다. 섭주 현령도 환도를 빼들었다. 앞에 있던 군졸의, 뭔가에 맞아 아파하는 몸짓이 한 순간 사라지면서 어둠만이 남았다. 그때 서 종사관은 흐느적거리는 몸집을 갖고 이쪽으로 달려오는 총 가진 남자를 보았다. 두건 사이의 둥그런 눈알이 영서를 노려보았다.

"내가 처치하리다!"

섭주 현령이 용감하게 달려와 환도로 내리쳤지만 칼보다 먼저 총이 팟 하고 섭주 현령을 뇌성과 함께 사라지게 했다. 서 종사관이 단칼에 적의 목을 베려 했지만 상대는 화승총을 가로로 들어 막았다. 탱! 하고 튄 불꽃으로 서 종사관은 기이하게 생긴 화승총 옆에 새겨진 글자를 보았다. 육십오능음양군자(六十五能陰陽君子).

"죽어라! 시공을 교란하는 원린자야!"

서 종사관이 다시 휘두른 칼이 화승총 가진 사나이의 어깨에 떨어졌다. 너덜거리는 팔이 날아갔다. 영서가 달려가 그 팔을 주워들었다. 사나이가 한 팔로 화승총을 겨누었다. 손만 대었을 뿐인데도 심지에 불이 붙었다.

총구가 영서에게로 향할 때 서 종사관이 또 한 번 크게 칼을 휘둘렀다. 그러자 사나이는 총구를 다시 서 종사관에게로 겨누었다. 쾅 하는 뇌성이 울리며 서 종사관은 배를 움켜쥐었다. 아프지는 않았지만 생전 처음 겪는 기묘한 감각이 찾아왔다. 육신이 증발하고 공간이 왜곡되는 느낌이었다. 그를 둘러싼 동굴의 어둠이 걷혀 갔다. 그리고 전혀 낯선 공간이 새로이 나타났다.

그곳은 전쟁터였다.

머리 위에서 천지개벽이 벌어지고 있었다.

사람이 사람을 죽이고, 하늘은 불의 저주, 즉 연기의 암흑으로 뒤덮이고, 까마귀와 벌레가 창궐하는 살육의 한마당이었다. 정화를 위한 대숙청의 장소였다. 피에 젖고 팔다리가 분해된 채 절규하는 군병들이 곳곳에 보였다. 지옥에 떨어져 고통받는 중생을 그린 불교벽화가 떠올랐다.

서 종사관이 당도한 곳은 어가를 호위하던 친위 부대와 시체 부대가 일전을 펼치는 전쟁터였던 것이다! 서 종사관이 팍 하고 나타난 곳은 바로 이 육박전의 한가운데였다. 그의 옆에는 불과 몇 초 전에 이곳에 공간 이동을 한 섭주 현령과 그의 수하들이 어리둥절한 표정으로 서 있었다. 하지만 가장 먼저 상황을 이해한 사람은 가장 늦게 도착한 서 종사관이었다.

죽음에서 되살아난 끔찍한 형상의 존비들이 군졸들을 갑옷째 물어뜯어 씹고 있었다. 그들이 바로 사상 최악의 인간병기 존비였다. 육십오능음양군자가 꿈을 통해 '힘세고 체격 좋은 사람'을 선택했지만, 목축업을 대행한 이는 화승총 든 사나이였던 것이다. '경소전이장'으로 사라진 사람을 땅굴로 이동시켜 가두어 기르던 자가 바로 총 가진 자였다. 양반이나 노비나 여자나 남자나 상관없이 눈앞의 적을 향해 이빨을 들이밀고 있었다. 그중에는 증발한 이승현도 있었고 형방의 아내 정보화도 있었다. 괴무기도 마강수도 있었고 심지어 윤 포교와 비슷한 이도 있었다.

"여기가 어딥니까? 어떻게 해야 좋지요?" 섭주 현령이 벌벌 떨었다.

"뭘 어떻게 합니까? 주상전하를 보호해야지요!"

지욱한 연기에 주상전하는 보이지 않았지만 서 종사관은 칼을 들고 분연히 뛰쳐나가려 했다.

바로 그때, 창칼의 번득임과 검은 연기가 가득한 허공에 타원형의 공간이 생겨났다. 공간은 점점 확대해 사람 하나가 나올 수 있을 만한 크기로 변했다. 그 공간 속의 세상은 전투가 벌어지는 지금 이곳과 달리 암흑만이 가득했다. 서 종사관이 조금 전까지 있었던 섭주의 지하뇌옥 안이었다.

타원 공간 바깥으로 갑자기 영서의 상반신이 튀어나왔다. 그는 화승총을 쥐고 있었다. 너덜거리는 팔이 등 뒤에서 잡아당기는 바람에 영서의 공간이동은 방해당했다. 조금 전까지 방아쇠를 쥐었던 손가락은 지금 영서의 뱃속을 파고 들어가 붓글씨를 쓰듯 휘저어대고 있었다.

하지만 피와 내장을 쏟으면서도 영서는 기어이 조선을 어지럽힌 사악한 화승총을 서 종사관에게 던지는 데 성공했다. 공간이동의 도구답게 화승총은 섭주에서 상주로 예상되는 전투의 현장까지 기적처럼 넘어왔다. 서 종사관이 화승총을 붙잡자 타원형의 공간은 빛을 뿌리며 작아졌다. 영서의 음성도 꺼져갔다.

"이 변란을 반드시 막아야만 합니다……."

영서를 붙잡고 있던 화승총의 주인이 괴성을 질렀다. 두건이 떨어지고 너덜거리는 얼굴이 드러났다. 그것은 눈코입이 붙은 사람의 얼굴에 이계의 물질이 군데군데 붙은 공포의 정수였다. 일부는 부풀고 일부는 쪼그라든 비정상의 피부 위로 둥그런 눈알과 고스란히 드러난 이빨을 두건은 더 이상 감춰주지 않았다.

서 종사관은 영서가 눈으로 힘을 내 스스로의 몸에 불을 붙이는 모습을 보았다. 총의 주인이 발화의 능력자란 사실을 잘 아는 듯했다. 총의 주인 전평경은 도망치려 했으나 영서가 오장육부로 그자의 팔을 꽉 붙들고 있어 동반 화형을 벗어날 길이 없었다.

"총 가진 자여! 이이제이(以夷制夷)의 책략으로 요마의 씨앗을 태워라!"

불에 타면서도 영서는 소리쳤다. 시공을 초월한 발화는 커져가는 푸른 불길과 반대로 타원형의 공간이 계란만큼 작아지면서 자취를 감추게 되었다. 이것은 증발이 아니라 무서운 최후였다. 과거에 인간이었다가 이계 물질을 접한 두 괴인은 아직 인간미가 남아있는 영서의 결단으로 완전한 죽음을 맞은 것이다. 용케도 영서는 죽기 직전에 적에게서 빼앗은 신비의 화승총을 이쪽으로 넘겼다.

타원 공간이 사라지자 서 종사관의 눈앞에는 아비규환의 전투만이 남았다. 존비들은 몸을 찔러오는 창칼에 아랑곳없이 눈앞의 군졸들을 물어뜯고 잡아뜯었다. 어가를 호위하는 군졸들과 별감들은 용력이 절륜한 무예의 고수들이었으나 죽지 않는 적을 이길 수는 없었다. 팔이 날아가고 다리가 잘려지면서 그들은 무참하게 패배했다. 지역의 지방관이 몰고 온 대포도 불을 뿜었지만 맹렬한 포격은 용렬한 빗나감으로 귀착되어 이미 죽은 자는 더 이상 죽지 않았다. 폭발의 여파로 몸이 날아간 몇몇 존비들은 다시 일어나 더욱 맹목적인 돌진을 할 뿐이었다.

그 순간 서 종사관은 높은 언덕에 서서 사자(死者)의 군대를 지휘하는 말 탄 이를 보았다. 황금갑옷을 입은 그는 바로 병조판서 심영주였다. 미스터리한 과거의 실종과 한층 미스터리한 현재의 실존은 모든 전말을 알려 주었다. 영서의 말은 사실이었다. 이자야말로 모든 증발 사건의 화근이었다. 스스로 증발한 것처럼 꾸민 뒤 이계 별천지의 사악한 세력과 결탁해 나라를 뒤엎을 역모를 실행에 옮긴 것이다. 무능한 임금을 폐위시키고 귀양 간 대군을 왕으로 세우면, 그는 새 역사의 일등공신이 되어 부와 권력을 한꺼번에 누린다. 그다음엔 광기 서린 금단의 학문을 합법적인 필수 학문으로 널리 보급시켜 스스로 옹립시킨 왕마저 폐한 뒤 궁극적인 암흑의 천제(天帝)가 되는 것, 그것이 그의 야망이었다.

그런 그의 곁에는 채찍처럼 생긴 등채를 휘두르는 물괴가 있었다. 머리에 솟은 뿔은 사슴을 연상케 했지만 등에 붙은 원판과 녹색의 피부는 오히려 거북이와 닮았다. 서 종사관이 외쳤다.

"그래! 이 총은 공간이동의 역할만 할 뿐이다! 산 사람을 시체부대로 만든 건 바로 저놈이야!"

물괴가 등채를 휘두르고 이계의 언어로 주문을 외울 때마다 불가사리 모양의 빛이 검은 하늘에서 춤을 추었다. 땅에 누워 죽은 자는 빛이 절정에 달할 때 벌떡 일어나 잠에서 깬 어리둥절함도 없이 어가를 공격하려 전력질주해갔다.

"저놈의 이름은 귀갑자야! 죽은 이를 살려내 용병으로 쓴다는 문곡성의 원린자! 심영주는 저런 원린자를 끌어들이려고 이지산, 이승현, 이성한과 결탁한 것이야!"

그 말은 사실이었다. 심영주는 이지산을 통해 밀승신성교의 날개 달린 원린자 밀승천자(蜜蠅天者)까지 지원군으로 끌어들이려 했고, 이승현의 처남 안기돈과 결탁해 새 세상의 영의정 자리를 어음 삼아 자금을 받아냈고, 군사기밀에 능통한 이성한으로 하여금 대군을 왕좌로 모셔오게 할 계획이었던 것이다. 이지산, 이성한은 반역이 들통날까봐 남들이 보는 앞에서 친아들까지 증발의 산물로 바쳐버렸다. 그것은 또한 육십오능음양군자의 조총병인 전평경에 대한 충성맹세이기도 했다. 음모에 따르는 '손 더럽힐 일'은 자연히 어리석은 괴무기를 증발시킨 똑똑한 독발이가 수행했다. 그는 거사가 끝나면 훈련대장 자리를 받기로 되어 있었다.

반란의 선봉대가 바로 공간이동의 화승총으로 옮긴 500여 명이었고, 이계세력의 귀갑자는 섭주의 지하뇌옥으로 떨어진 이들을 시체부대로 만들어 버렸다. 이 부대원에는 마강수도, 이승현도, 정보화도, 이구완도, 괴무기도 있었는데 남원 사또의 아들 이유석이 실수로 사슬을 끊고 지상으로 나와 증광시를 아수라장으로 만든 바람에 음모는 발각날 위기에 놓였다. 마풍륭의 밀승천자 부대가 합류하기 전에 심영주는 존비 군대만으로 서둘러 어가를 습격했다. 실패하면 더 이상의 기회는 없을 것이기에 심영주는 왕을 죽이려 전력을 다했다. 옥체를 호위하던 친위군은 희대의 적군 앞에서 신속히 궤멸되는 중이었다.

서 종사관의 탄식이 울림이 있었던지 병조판서가 이쪽을 돌아보았다. 악덕에 찬 위엄과 지체는 흔들리지 않았지만, 그는 서 종사관이 손에 든 화승총에는 크게 놀랐다. 그가 귀갑자의 등을 건드리자 귀갑자가 녹색의 괴두(怪頭)를 서 종사관에게로 돌렸다. 귀갑자 역시 화승총의 임자가 바뀐 것에 놀란 기색이었다. 서 종사관은 영서가 최후에 남겼던 말을 기억해냈다.

"총 가진 자여! 이이제이의 책략으로 요마의 씨앗을 태워라! 오랑캐에겐 오랑캐의 비법으로! 원린자에겐 원린자의 무기로!"

그는 용을 닮은 화승총을 내려다보았다. 총은 살아 숨 쉬듯 움직거렸고, 소유자의 머리를 자극해 정신과 육체를 새로운 경지로 이끌었다. 포수가 총을 소유하는 것이 아니라 총이 포수를 지배해 가공할 살육의 전장터를 누벼온 것이다. 견딜 수 없는 욕망이 머리부터 발끝까지 샘솟아 서 종사관은 비틀거렸다. 이걸 갖고 있는 이상 영원히 앞을 막을 자는 없었다.

귀갑자가 등채를 높이 올려들자 불가사리 모양의 빛 대여섯 개가 하늘에서 합쳐졌다. 빛은 구름의 형상으로 번개를 끌어왔다. 죽은 시체들이 비척거리며 일제히 서 종사관을 향했다. 서 종사관이 화승총을 제대로 쥐자 흐느적거렸던 총구가 독수리 부리처럼 일어나 귀갑자를 겨누었다. 병조판서가 투구를 벗고 외쳤다.

"잠시 기다리게! 나라의 녹을 먹는 관리여! 자네의 충절은 만고에 남을 것이나 무능한 왕조를 위하여 천상의 병기를 발포하지는 말게!"

존경받던 병조판서의 일갈에 서 종사관은 잠시 움찔했다. 그러나 새 주인을 만난 화승총은 절로 심지에 불을 붙이고 그를 위해 머나먼 과거의 광경을 보여 주었다. 서 종사관은 지옥의 풍경을 보았다. 아무런 생물도 없는 태초의 어둠 속에서 화산이 폭발했고 빙하가 생겨났다가 갈라졌다. 그럴 때 유일무이한 만년존자가 걸음을 걸어왔다. 산악을 손으로 뽑고 바다를 발길로 차내는 초거대의 형상, 한 걸음 디딜 때마다 천지가 진동하고 공중으로 솟구치면 대폭풍이 일어나는 신비의 거체. 그가 바로 이 세상을 만들었다는 육십오능음양군자였다. 서 종사관의 어조가 환희로 가득 찼다.

"오오…… 나는 우주의 비밀을 보았다."

"그렇다면 총을 거두시게! 새로운 세상의 충신 자리는 그대를 기다리고 있다네!"

병조판서의 기대에 찬 음성이 먹구름에 가리워진 육십오능음양군자의 얼굴을 산산조각냈다. 눈앞을 메운 것은 비척비척 걷던 존비들이 썩은 몸을 일제히 날린 육탄돌격일 뿐이었다. 수십 개의 손길에 의해 그의 몸은 갈가리 찢어질 판이었다.

그 순간 서 종사관의 화승총이 뇌성과 함께 빛을 뿜었다. 귀갑자의 등채에서 뿜은 빛과 서 종사관이 발포한 화승총이 빛이 충돌했다. 나무들이 뽑히고 대포와 시신들이 공중으로 솟구치는 대폭발이 있었다. 지직거리는 번개의 뭉치가 하늘 높이 상승했다.

그 순간 걸어다니던 시체들이 본래의 지위를 회복해 땅에 누워 두 번 다시 일어나지 않았다. 부러진 뿔만이 남았을 뿐 귀갑자도 먼지로 화해 사라졌다. 다른 곳으로 공간이동을 했는지 고향인 문곡성으로 돌아갔는지 죽었는지 알 수 없었다. 허나 시체의 대군이 한 명 남김없이 죽어 쓰러진 것으로 보아, 의도는 성공했음을 알 수 있었다.

남은 것은 병조판서 하나였다. 절망적으로 어가를 호위하던 군사들은 자신들이 이겼다는 믿지 못할 사실을 깨우치기 시작했다.

"역적 심영주를 처단하라!"

"주상전하를 시해하려던 대역죄인을 주살하라!"

"옥체에 칼을 겨눈 반역자를 죽여라!"

군졸들의 창이 몰려들었다. 심영주는 칼을 휘두르며 저항했지만 말의 가슴에 창이 박히자 땅바닥에 굴러떨어졌다. 바로 그때 지엄한 음성이 군사들 사이를 갈랐다.

"놈을 죽이지 말고 사로잡아라! 배후를 알아야겠다!"

군졸들이 허리 굽혀 길을 만들었다. 주상전하께서 직접 칼을 쥐고 걸어오고 있었다. 익선관이 날아간 머리에는 피가 묻어 있었고 곤룡포도 찢어졌다. 서 종사관은 총을 놓고 급히 머리가 땅에 닿도록 엎드렸다. 임금이 병조판서를 향해 소리쳤다.

"내, 아들을 얻은 기쁨에 잠시 귀가 어두워 쥐새끼들이 기어가는 소리를 듣지 못했구나."

"무능한 주상이여! 무엇이 왕도라고 생각하는가?"

"의금부로 끌고 가자! 내가 직접 놈을 문초하리라!"

묶인 병조판서는 분노의 눈길을 임금에게 박은 채 끌려갔다. 임금은 서 종사관에게로 걸어왔다.

"이 충신은 누구이며 그가 지닌 희대의 병기는 무엇이더냐? 이 많은 물괴들을 단 한 번에 쓰러트리다니."

"신은 좌포청 종사관 서만주이오며, 이 무기는 사람을 사라지게 하는 화승총이옵니다. 이미 많은 변란을 겪은 총임에도 음모자를 찾지 못해 옥체에 칼이 겨누어진 불충을 초래하였나이다."

임금의 눈에 잔혹한 빛이 돌았다. 전쟁을 갓 겪은 그는 광기에서 헤어나지 못한 상태였다.

"이미 많은 변란을 겪었다고? 그래, 너희들은 알고 있으면서 어찌하여 왕인 나는 이런 무기에 대해 전혀 몰랐단 말이더냐? 너희가 숨기고 있었기 때문이 아니더냐?'

"전하! 신들의 불충을 용서하소서! 이 무기는 금서 《귀경잡록》에 언급된 사악한 원린자의 병기입니다. 물증이 없어 알려드림이 늦었을 뿐이옵니다."

"원린자……, 나도 그 말을 들어본 적은 있지……."

임금이 뒤편으로 슬쩍 눈짓했다. 서 종사관은 머리에 몽둥이를 맞고 기절했다.

꧅꧅꧅

그는 옥에 갇혔다. 이유를 알 것 같았다. 이제 임금은 아무도 믿지 않기로 작정한 것이다. '충신'이라고 잠시 불렸던 그 순간만 말 그대로 충신이었을 뿐, 이제 서만주는 역적이 되어 있었다. 임금을 구해낸 사실은 중요치 않았다. 아랫것 주제에 눈을 믿지 못할 가공할 무기를 숨겨 왔다는 사실, 그것만이 중요했다.

그는 모든 것을 체념했다. 심문관들이 들어와 그를 취조했다. 역모에 관한 취조는 없었다. 《귀경잡록》에 언급된 이계에 관한 취조였다. 서만주는 솔직하게 말했다. 나도 아는 게 없다고.

취조는 점차 고문으로 변했다. 그래도 서만주는 말했다.

"아는 게 없습니다."

고문은 살살 구슬림으로 변했다. 그래도 서만주는 말했다.

"아는 게 없습니다."

가족이 불려와 그의 눈앞에서 고통받았다. 그래도 서만주는 말했다.

"모릅니다. 단서가 될 33장에 뭐가 쓰여 있는지 신은 정말 모릅니다."

고문과 취조에 시달리고 옥사로 돌아온 어느 비 오는 날 밤, 귀양간 대군이 사약을 받고 병조판서 심영주가 능지처참으로 사형당했다는 소식이 귀로 날아들어온 날 밤, 서만주는 포도대장이 새로 바뀌었다는 소식을 들었다. 그가 모셨던 포도대장은 나랏일의 집행에 은폐가 많았다는 죄로 파직되었다. 서만주는 슬픔에 빠져 고개를 숙인 채 식음을 전폐했다.

새벽 무렵, 그는 어떤 기이한 촉수를 본 듯한 꿈을 꾸었다. 집채만 한 눈이 자신을 노려보는 느낌에 그는 눈을 떴다. 현실인지 꿈인지 몽롱한 상황에서 튼튼한 옥사 창살 안으로 책 한 권이 날아들었다. 《귀경잡록》이었다. 그는 창살을 바라보았으나 아무도 나타나지 않았다. 망설임 끝에 펼쳐보니 예상과 달리 33

장이 남아 있는 판본이었다. 그는 고문의 고통도 잊고 33장을 읽기 시작했다.

＊＊＊

귀경잡록(鬼境雜錄)

제 33장 육십오능음양군자 실즉허지 허즉실지

(六十五能陰陽君子 實則虛之 虛則實之)

육십오능음양군자는 있는 듯하며 없고, 없는 듯하며 있다

육십오능음양군자는 이미 이 책의 1장에서 다루었다. 이게 별천지의 원린자(遠麟者)들을 길렀고, 인간 세상의 천지개벽을 닦은 그는 천체운행(우주)과 고금왕래(시공간의 이동)의 근본이다. 모든 시조(始祖) 앞에 그의 대명(大名)이 있었으며, 이 땅의 크고 작은 신화는 그의 행업을 오묘하게 말 바꾼 바에 지나지 않는다. 하늘을 업신여기고 땅을 농락하는 군자의 능력은 해와 달에 맞먹는다.

되풀이된 혼돈에 일패도지(一敗塗地)한 후 근 3천 년을 잠들어 있는 그는 추종자들이 일광제왕 월광제왕(日光帝王 月光帝王)으로 부르짖어도 여전히 호응하지 않고 있다. 망망대해를

자리끼로 마시고 태산허곡을 베개 삼아 누워 있던 그가 일어나 기침을 하는 날, 먼지처럼 스러질 천하에는 한정 없는 어둠만이 남을 것이다.

1장에 나온 인물을 33장에서 새삼 재론하는 이유는 아직도 천하에 고스란히 남은 그의 통치력 때문이다. 그는 잠들어 있으매 깨어 있는 여명(黎明)이며, 어디에도 없으매 어디에도 있는 허실(虛實)이다. 법회 없이도 숭배자를 만드는 신성(神聖)이자, 꿈을 통해 교세를 확장하는 밀어(密語)의 전언자(傳言者)이다. 대양과 대주를 건너 흩어진 천지창업의 흔적들은 세상을 도탄에 빠트릴 위험이 되며, 천하 곳곳에 뿌려져 묻힌 그의 신체발부(身體髮膚)는 장차 인간을 해칠 무기의 재료가 된다.

만약 육십오능음양군자의 잔력(殘力)을 빌려 인간을 노리는 원린자가 나타난다면, 그자는 물론 그자가 지닌 무기마저 함께 소멸해야만 한다. 혹하는 마음이 아무리 넘치더라도 절대로 취하려 들면 아니 된다. 인간에게 허용할 수 없는 물질에 딴 마음을 품으면 돌아오는 것은, 모두의 파멸뿐이다.

一

태종 10년(1410년), 전평경은 사냥꾼이 업인 사람으로 섭주에서 가장 뛰어난 활 솜씨를 지니고 있었다. 통악산에 맹수가 나타나면 사람들은 돈을 주고 전평경을 불러들였다. 그가 언제 섭주 통악산에 나타났는지 정확하게 아는 사람은 없었다.

전평경은 입이 무겁고 해야 할 일과 하지 말아야 할 일의 구분이 뚜렷한 사람이었는데, 아는 이가 없고 표준 말씨를 쓰는 것으로 보아 한양에서 흘러들어온 뜨내기로 추정되었다. 알려지지 않은 그의 과거에 대해 여러 소문이 돌았다. 오랑캐와의 전쟁에서 활약하다 탈영한 궁수, 도망자 신세인 전직 살인범, 몰락한 양반의 후예 등 수많은 말이 있었지만 명궁수라는 것 외에 알아낸 것은 없었다. 사람들과 잘 어울리지 않는 성격인데다가, 살기가 도는 눈빛 때문에 함부로 과거를 캐려는 이는 없었다.

만약 그가 사냥 일을 거부하기라도 하면 이 또한 문제여서 촌민들은 맘 놓고 텃세를 부릴 수도 없었다. 호랑이와 곰을 처치할 수 있는 실력 있는 사냥꾼은 전평경뿐이었다.

12월 초닷새, 나무를 하러 골짝 깊은 곳까지 들어갔던 화전민 하나가 호랑이에게 습격당했다. 사건 전날 눈이 와서 시신이 흩뿌린 피는 색깔이 선명했다. 전평경은 착수금 열 냥을 받자마자 즉시 활을 메고 통악산으로 들어갔다.

　전평경은 호랑이가 다닐 만한 길목에 피 묻은 멧돼지의 살점을 뿌려놓았다. 그에게는 몸집이 크고 행동이 날랜 개 두 마리가 있었다. 바람과 번개라는 이름의 이 개들은 결단력도 조심성도 주인을 닮아 풀숲에 숨어서 기척을 내지 않았다.

　전평경은 곰 가죽 두루마기로 몸을 감싼 채 멧돼지 고기가 놓인 길목을 응시했다. 시간이 흘러 나무 위에서 지저귀던 새소리가 사라졌다. 그는 이쪽을 향해 뭔가가 다가옴을 알았다. 개들 또한 이상한 낌새를 눈치 채고 나무에서 눈이 떨어지는 북쪽을 바라보았다. 전평경이 활통에서 화살을 꺼내자 눈 밟는 소리가 가까워졌다. 호랑이가 아닌 사람의 발소리였다. 개들이 짖기 시작했는데, 사냥감이 오고 있다면 주인의 허락 없이 함부로 기척을 낼 개들이 아니었다. 달려오는 소리가 가까워지면서 나무 숲 사이로 두 사람의 모습이 나타났다. 전평경은 곰 가죽을 떨치고 겨냥에 들어갔다. 도망자 한 사람과 추격자 한 사람이었는데 모습이 특이했다.

　도망자는 머리를 풀어헤친 백발의 노인이었다. 바람에 드날리는 노인의 도포에는 이상한 한자가 가득 쓰여 있었다. 그중에는 소용돌이나 괴상한 각형의 문양도 있었는데, 전평경이 알지 못하는 태고의 상형문자 같았다. 노인은 꼬이고 비틀린 긴 석장(錫杖, 지팡이)을 짚으며 간신히 도망치는 중이었다.

추격자의 모습은 노인보다 더 기괴했다. 박박 깎은 머리 위에 양초 같이 솟은 꽁지, 찢어지고 헤어지긴 했으나 알아볼 수 있는 이국적인 의복. 그는 왜나라의 무사였다! 왜나라 무사의 얼굴과 팔이 괴이했다. 푸른색을 띠는 피부에 베인 자국이 무수해서 움직일 때마다 몸 이곳저곳이 조금씩 따로 움직였기 때문이다. 너덜거린다는 표현이 어울리는, 마치 관절 하나하나를 바느질로 기운 것처럼 움직이고 있었다. 얼굴도 마찬가지였다. 눈코입이 감정을 따르지 아니 하고 독자적으로 움직였다.

"도와주시오!"

노인이 넘어지면서 소리쳤다. 왜구의 모습을 알아보자마자 전평경은 누구를 쏘아야 할지 알 수 있었다. 차가운 북풍이 몰아쳤고 개들은 맹렬하게 짖어댔다. 주인의 명령이 있기 전까지 개들은 함부로 몸을 움직이지 않았다. 무사는 이쪽을 보지 못하고 노인의 등을 향해 검을 치켜들었다. 전평경이 당긴 시위를 놓자, 화살이 날아가 무사의 이마 한 가운데에 깊숙이 박혔다. 뒤로 넘어간 고개가 등짝까지 붙었다가 다시 원래대로 돌아왔다. 이마에 화살이 박힌 채로 왜나라 무사는 다시 칼을 휘두르려 했다.

"번개! 바람! 칼 든 놈을 물어라!"

주인의 명에 개들이 짓쳐나갔다. 일어서려던 노인이 다시 미끄러지고 무사는 헛손질에 노인을 베지 못했다. 화살 하나가 다시 어깨에 박혔는데 급소를 노린 두 발 명중에도 끄떡없었다. 칼을 치켜들던 무사는 달려오는 개들을 보았는데, 노랗게 불타오르는 눈은 사람의 눈처럼 보이지 않았다.

하얀 개와 검은 개가 똑같이 공중으로 솟구쳤다. 전평경은 무사가 너덜거리는 손으로 긴 검의 손잡이를 순식간에 고쳐 잡는 것을 보았다. 검이 가로 세로로 허공을 가르자 날이 닿지 않았음에도 검은 개 번개의 얼굴이 열 십(十) 자로 갈라지더니 털껍질 안으로부터 붉은 살점의 얼굴이 고통스런 비명을 토해냈다. 흰 개 바람이 무사의 다리를 물어뜯었지만 너덜거리는 다리는 결코 끊어지지 않았다. 무사가 공중으로 부양하자 옷자락이 찢어졌다.

바람은 옷자락을 문 채 으르렁거렸고 지상으로 내려온 무사의 검은 바람의 등을 찌르고 들어가 얼어붙은 대지에 깊숙이 박혔다. 검의 손잡이를 등으로 내놓은 채 바람은 박제가 되어 하얀 눈 땅을 붉은 피로 녹이며 죽어갔다. 무사는 뽑아낸 검을 손가락으로 휘리릭 돌린 후 뒷걸음질치는 노인을 향해 다가갔다. 그는 전평경에겐 관심이 없는 것 같았다. 노인은 살려 달라며 전평경에게로 기어갔다.

"저놈은 그냥 죽일 수 없소!"

"그렇다면 눈을 노릴 테니 노인장은 도망치시오!"

전평경이 무사의 눈을 겨냥했다. 그 순간 왜나라 무사가 검을 거두고 전평경을 향해 무슨 말을 지껄여댔다. 일본 말이라 한 마디도 알아들을 수 없었지만 협박이 아니라 무언가를 설명하는 것 같았다. 전평경이 어찌해야 할지 모르고 있을 때 노인이 석장을 뻗쳤다.

"활을 겨누시오! 도와주리다!"

노인의 석장이 활에 닿자 전평경은 온몸의 피가 거꾸로 흐르는 기분에 싸였다. 머릿속에서 무한의 어둠과 검은 색 일색의 기이한 절간, 눈코입이 붙은 가마, 그 안에 타고 있는 장막 너머의 여자, 살아 있는 소를 제물로 바치는 고대의 제천의식, 거대한 알과 날개 달린 뱀 같은 심상이 펼쳐졌다. 석장이 닿은 활에서 일곱 가지 빛이 흘렀다. 전평경이 시위를 놓자 화살은 한 번도 경험해보지 못한 힘을 싣고 왜나라 무사를 향해 날아갔다.

무사의 이마에 화살이 정통으로 명중했다. 무사는 쓰러지지 않았다. 팟 하고 육신이 사라졌을 뿐이다. 전평경은 자신이 본 것이 믿기지 않아 눈을 비볐으나 엄연한 현실이었다. 더 이상 무사는 그곳에 없었다. 그는 바닥에 드러누워 껄껄 웃는 노인을 바라보았다.

노인의 옷에 가득한 한자와 상형문자는 옷을 때마다 꿈틀거려 마치 살아 숨 쉬는 듯했다. 요망한 술법사나 이단종파의 승려일지도 몰랐다. 그런 확신을 하게 된 데는 노인이 보물처럼 쥐고 있던 석장의 요상한 생김새 탓이 컸다. 그것은 손잡이부터 하단까지 꼬불꼬불한 원이 겹겹이 반복되는 지팡이로 마치 태극 문양처럼 들고나감이 되풀이되어, 한 번 쳐다보는 것만으로 머리가 어지럽고 정신이 빨려들어가는 기분이었다.

"어떻게 된 거요?"

"뭐가 말인가?"

"관통하거나 박히지 않았소. 화살도 왜구도 연기처럼 사라졌소."

"이것 덕분일세. 이 석장은 무엇이든 없애버릴 수 있는 무기지."

노인이 전평경을 향해 석장을 들이밀었다. 전평경은 일어나지 않는 노인을 내려다보았다.

"그런 신비한 물건이라면 왜 직접 저놈을 처단하지 못했소?"

"저자는 검술의 고수야. 자네처럼 활이라면 모를까, 칼싸움이라면 놈의 몸에 닿게 할 수조차 없어."

"저자가 누구요?"

"왜국 무사지, 누군가?"

"사람이 아니었소. 팔다리가 너덜너덜했는데도 움직였고, 겁이 닿지 않았는데도 내 개를 죽였소."

"당연하지. 죽지도 못한 채 그 꼴로 200년을 살아왔으니."

"어떻게 사람이 200년을 산단 말이오?"

"그놈은 사람이 아니야. 하늘 너머 세상에서 이 석장을 훔치러 온 놈이야."

"귀신이란 말이오?"

노인이 기침을 하자 붉은 피가 눈을 물들였다. 전평경은 노인이 일어나지 않는 이유를 알았다. 이미 치명상을 입었던 것이다.

"나는 곧 죽을 몸이지만 천행으로 자네를 만났으니 오래 살아온 보람이 있네. 난 이 석장을 위해 한평생을 살아왔네. 날 구해 줬으니 자네에게 이걸 주지. 이 석장을 쪼개고 구부려 활을 만들어 쓰게. 이 활이 날리는 화살이 몸에 박히는 자는 누구든 저 왜구처럼 흔적도 없이 사라지게 되네."

전평경이 주저하다가 석장을 받았다.

"대체 이 물건이 뭐요?"

"육십오능음양군자의 손가락 마디 뼈일세."

"음양군자? 그게 뭐요?"

"자넨 아무것도 모르는군. 모르는 게 약일세. 이 석장의 법력만 알면 되네. 명심하게. 이 석장을 무기로 만들어 쓰면 어떤 적이튼 눈앞에서 사라지게 할 수 있다는 것을."

노인이 기침과 함께 피를 뿜어냈다. 전평경이 일으키려 했으나 노인은 거절했다.

"내 말이 거짓인지 아닌지 이 석장 위에 활을 올리고 산짐승을 쏴보게."

"노인장은 누구요?"

"나는 간솔이란 늙은이일세. 시간이 없으니 내 말 유념해 듣게."

노인은 최후의 기운을 담아, 모골 송연한 눈을 부릅뜨고 말했다.

"반드시 활을 만들어서 한 놈이라도 더 죽이게. 그게 날 위한 길일세. 알겠나? 한 놈이라도 더 죽여야만 하네."

노인의 눈이 최후의 광기로 이글거렸다.

"잊지 말게! 죽이고 또 죽이게! 한 놈이라도 더! 어차피 이 세상 살다 보면 죽이고 싶은 놈은 많을 것 아닌가?"

"그거야 당연한 소리 아니겠소……."

"바로 그길세! 쏴서 사라지게 하고 또 사라지게 하게! 그것만이 이 석장의 넋을 달랠 수 있는 길일세!"

말을 마친 노인은 눈을 감았다. 노인의 옷에 씌었던 한자와 도형도 녹는 눈처럼 사라졌다. 전평경은 노인을 바라보다가 손에 쥔 석장으로 눈길을 돌렸다. 노인이 무슨 군자의 뼈다귀라고 일컬었던 만큼 과연 그것은 나무가 아니었다. 가까이서 들여다보니 혼백마저 빨려들어가는 듯한 어지러움이 엄습했다. 조금 전에 보았던 허상의 풍경들이 다시 떠오르다가 사라졌다. 얼른 석장을 내려놓은 그는 고개 돌려 죽은 개들을 살펴보았다. 안타까운 마음이 일었다.

전평경은 세 시체를 묻기 위해 옆으로 물러서다가 소스라치게 놀랐다. 언제 나타났는지 집채만 한 백호 한 마리가 미끼로 던져 놓은 멧돼지를 먹고 있었던 것이다. 만약 미끼가 없었다면 호랑이는 죽은 개들을 노렸을 것이다. 전평경은 침착을 유지하면서 활통에서 활을 꺼내어 들었다. 화살을 잴 때까지 소리를 내지 않으려 노력했지만 손이 떨렸다. 그의 허리춤에서 떨어진 술 담은 표주박이 노인의 가슴 위에서 소리를 냈다. 백호가 고개 들어 사냥꾼을 노려보았다.

백호의 습격과 동시에 전평경의 활시위가 놓였다. 호랑이는 오른쪽 눈을 꿰뚫리고 쓰러졌지만, 전평경 역시 호랑이의 발에 채여 쓰러졌다. 호랑이는 괴성을 지르며 땅바닥을 굴렀다. 전평경이 다시 등에서 화살을 꺼내 들려는데, 바닥에 떨어진 석장에서 빛이 생겨났다. 석장은 생명을 가진 듯 일자로 일어서더니 전평경의 팔 사이로 들어왔다. 활과 화살이 석장에서 솟구친 빛으로 싸였다. 호랑이가 눈에서 피를 흘리며 전평경을 덮쳤다. 시위를 놓자 한 줄기 빛의 막대기가 호랑이를 향해 날아갔다. 이마에 명중하자마자 왜나라 무사가 그랬던 것처럼 호랑이는 사라지고 하얀 설원만이 배경으로 남았다. 통악산을 공포로 물들게 했던 백호는 종이호랑이만큼의 명성도 얻지 못한 채 허무하게 사라진 것이다.

전평경의 마음속에서 그간 잊고 있던 욕망이 되살아났다. 손아귀에 넣은 물건의 진가가 그를 움직였다. 이 희대의 물건이라면 어떤 적수도 처치할 수 있었다. 게다가 그에겐 죽여야 할 인간이 많았다.

석장을 손에 쥔 전평경은 하하하 크게 웃었다. 끔찍하게 죽은 두 마리 개 위로 까마귀 떼의 울음과 전평경의 웃음이 뒤섞였다. 그가 다시 화살을 한 발 놓자 날개를 찔린 까마귀 한 마리가 팟 하고 사라졌다.

三

전평경(全坪鏡)의 원래 이름은 왕평경(王坪鏡)으로, 고려의 마지막 임금인 공양왕(恭讓王) 정창군(定昌君) 왕요(王瑤)의 핏줄이었다. 공양왕이 이성계에 의해 폐위되고 조선이 개국된 후 역모를 일으킨다는 혐의로 왕 씨 가문이 대대적으로 제거가 될 때, 노복(奴僕)은 당시 아홉 살이던 평경을 데리고 남쪽 땅으로 도망쳤다. 노복은 출생의 근본을 한시도 잊으면 안 된다며 평경의 성을 왕(王) 자가 들어 있는 전(全) 씨로 바꾸었다. 어린 나이였지만 평경은 평생을 불구대천의 원수로 삼을 성씨가 이 씨임을 잘 알게 되었다.

노복은 황산대첩(1380년 이성계가 전라도 황산에서 왜구와 싸워 승리한 전투)에도 참전한 무인 출신으로, 이성계를 존경해왔으나 후환이 된다는 이유로 지난 왕조의 맥을 참초제근(斬草提根)하는 처사에는 분개했다. 단 한 번도 이성계를 태조라 부르지 않은 그는 강원도 깊은 산골짝에 오두막을 짓고 사냥으로 생계를 영위하는 한편, 점점 성장하는 평경에게 활쏘기와 무예를 가르쳤다. 평경은 체력 단련 말고도 노복에게 입을 무겁게 하는 법, 나설 때와 나서지 말아야 할 때를 아는 법을 배웠다. 그러면서도 평경은 결코 부모의 원수를 잊지 않았다.

평경의 나이 18세 때의 어느 가을, 인적 없는 산골짝 오두막에 세 남자가 찾아왔다.

그들은 사냥을 왔다가 길을 잃었다며 하룻밤 묵길 청했다. 노복은 아들에게 돌림병의 기미가 있어 허락할 수 없다며 셋을 돌려보낸 뒤, 평경에게 지체 없이 짐을 싸라고 했다. 노복은 세 남자 중 우두머리격인 애꾸눈 남자를 황산대첩 때 같은 진영에서 본 기억이 있었기 때문이다.

노복과 평경이 급히 산을 내려가는데 칼을 빼든 세 남자가 길을 막았다. 애꾸눈은 "그대는 조선을 창업하신 분의 대명(大名)을 알고 있느냐"고 물었고, 노복은 서슴없이 "그대와 내가 황산에서 함께 싸운 바 있던 반역자 이성계"라고 답했다. 이 대답은 평경에게 칼을 꺼내들 시간을 벌어 주기에 충분했다. 폭포소리를 칼 부딪는 소리로 묻어버릴 만큼 긴 혈투가 벌어졌다. 세 암습자는 죽었지만, 노복도 깊은 부상을 당했다.

노복은 평경에게 아직까지도 왕씨 가문의 맥을 끊으려는 움직임이 있으니 한 곳에 정착하지 말고 떠돌이 생활을 하라는 말을 남겼다. 아버지의 유언을 받드는 심정으로 평경은 그러겠다고 했다. 노복은 무턱대고 덤볐다간 개죽음밖에 없으니, 힘이 생길 때까지는 복수에 나서지 말라는 마지막 말을 남기고 숨을 거두었다. 긴 시간 동안 곡을 한 평경은 노복을 정성스럽게 묻어 장사지낸 후 길을 나섰다.

말수가 줄어든 반면 그의 활솜씨는 늘었고, 정착의 기회가 없으니만큼 방랑생활도 계속되었다. 그는 전국 각지 야산의 맹수를 처치해 주고 끼니를 이어갔다. 혈혈단신의 몸으로 거대한 이씨 세력에게 직접 활을 겨눌 순 없었으나 끝내 복수의 마음을 잊지는 않았다.

세월은 더욱 흘렀고 그의 여정은 신비의 땅 섭주에까지 이르렀다.

통악산에서 간솔 노인을 만난 평경은 손에 넣은 석장을 활로 새로이 만들었다. 그날 이후 전국 곳곳에서 이씨 성을 가진 고관대작들이 사라지는 괴변이 일어났다. 당하지 않은 이씨들도 공포에 질려 집 밖에 나오지 못할 정도였다. 살인이라는 증거가 없어 관에서는 어떤 수사도 할 수 없었다.

전대미문의 신무기를 어루만지며 평경은 잃었던 웃음을 되찾았다. 먼 거리에서 활을 먹이면 당하는 사람은 팟 하고 사라져 아무런 증거도 남지 않았다. 귀신이 이씨 사람들을 사라지게 한다는 소문에 그는 흡족해했다. 틈틈이 간솔이란 노인에 대해 수소문했지만 그가 누구인지 아는 사람은 나타나지 않았다.

四

한 달 뒤, 섭주와 먼 거리의 삼척에서 어수선한 일이 생겼다. 기강이 엄히 잡히고 위엄 서리기로 유명한 그곳 관아가 습격을 받은 괴변이었다. 삼척은 고려의 마지막 임금 공양왕이 교살당해 죽은 유배지로도 유명했는데, 당시 그곳에는 고려를 연상케 하는 것은 무엇 하나 남아나지 않은 상태였다.

그날 삼척 관아는 임금의 행차를 위한 의전행사로 분주한 상태였다. 원래 행차가 예정된 날은 1월 초이레였는데 임금이 고뿔이 심하게 걸려 1월 열아흐레로 날짜가 변경되었다. 그런데 이런 첩보를 제대로 입수하지 못했는지 괴변은 1월 초이레에 그대로 벌어진 것이다. 임금으로서는 하늘이 도운 일이었다.

관아를 습격한 이들은 한 무리의 어처구니없는 부대였다. 이 부대는 갑옷을 입지도 않았고 병장기를 소유하지도 않았다. 오와 열이 없는 대신 모두가 똑같이 비척비척 걸어왔다. 사건을 목격한 이들은 훗날 이들을 '살아 있는 시체들'이라고 불렀다. 이들의 무기는 오직 이빨뿐이었는데, 손에 잡히는 대로 살점을 깨물고 찢어버리고 눈과 혀를 뽑아 씹어버렸다. 삼척 군사들은 가마솥에 넣어 끓여 죽이거나 말에 묶어 질주해 죽이거나 팔다리를 잘라 죽이는 오랑캐에 관해서는 들어봤어도, 이빨로 사람을 씹어 죽이는 희대의 적군에 대해 들은 건 처음이었다. 하지만 실제로 이들을 겪은 후로는 겪어보지도 않고 빈정거리는 사람들에게 '죽어봐야 저승 맛을 안다'고 했다.

임금이 고뿔에 걸렸기에 망정이지, 만약 어가(御駕)가 습격당했다면 조정은 역사상 가장 심각하게 체면을 구겼을 것이고 사관은 이를 기록하지 않았을 것이다. 습격자들의 모습 자체가 오랑캐보다 더한 더러움으로 가득 차 불경함이 하늘을 찔렀는데, 그들의 숫자 또한 대략 100명 정도의 소규모 병력에 불과했다. 그러나 그들은 천하무적이었다. 놀랍게도 이 병력 중에는 호랑이도 있었고 까마귀도 있었다.

삼척 관아에 모인 정규군 500명과 관아 소속 지방군 100명은 그들보다 여섯 배의 숫자였다. 그러나 이들은 임금이 도착할 때 보여줄 의전행사 훈련만 집중적으로 받아왔기에 실전은 배운 것이 없었다. 발걸음을 맞추고 깃발을 진열하는 데는 능할지 몰라도 실제 싸움은 겪어본 적도 없었다. 그들은 몰려오는 기상천외한 적군을 보자마자 겁에 질렸다. 어떻게든 창과 칼로 맞섰으나 상대가 아무리 찌르고 베어도 죽지 않자 공포에 질려 무기를 버리고 달아났다. 적군의 외모부터가 공포감을 일으키기에 충분해 아예 싸우지도 않고 도망치거나 죽은 척하는 병사도 속출했다.

염라대왕을 지휘관으로 둔 것 같은 100명의 적군은 하나같이 몸 어딘가에 화살이 꽂힌 시체의 모습을 띠고 있었다. 지휘를 하는 우두머리는 왜나라 무사였는데, 그가 지휘하는 대로 악귀 군단은 잔혹한 공격을 진행했다. 눈에 화살이 꽂힌 호랑이는 맨몸으로 돌진해 군졸의 대오를 무너뜨렸으며, 화살에 관통당한 채 나는 까마귀는 부상병의 눈을 사정없이 쪼아댔다. 그리고 이들 뒤로 근엄한 사대부가 있었고, 자자형 문신이 새겨진 죄수가 있었으며, 돈 많은 귀부인에, 구군복을 걸친 현령도 있었다. 계층과 성별과 나이의 많고 적음을 무시한 이들은 몇 가지 공통점이 있었는데 대부분이 이씨 성을 갖고 있다는 것, 급소에 화살이 박혔다는 것, 이빨을 살상무기로 쓴다는 것, 그리고 죽음을 두려워하지 않는다는 극단적인 것까지였다. 왜냐하면 이들은 죽은 자들이기 때문이다. 이미 죽은 자기를 한 번 더 죽여 땅속에 영원히 묻어 달라는 듯, 이들은 적극적으로 사람들에게 덤벼들었다. 이 말없는 요구가 관철되지 않자 붙들린 상대방은 살점이 뜯겨나가고 머리털이 뽑히고 팔다리가 분해된 것이다.

으리으리한 삼척 관아는 산적 만난 싸구려 주막처럼 초토화가 되었고, 군영의 별장과 관아의 사또는 갑옷도 무기도 버리고 달리기 시합이라도 하듯 줄행랑을 놓았다. 전 군대가 궤멸되자 살아 있는 시체들은 왜나라 무사를 따라 또 어딘가로 비척비척 걸어갔다.

五

이 소식은 하나의 괴담이 되어 나라 곳곳을 뒤흔들었는데, 충주에 있던 전평경의 귀에도 들어갔다. 그는 무적의 시체 군대 일원들이 자신이 쏘아 죽였던 사람들과 일치함을 알고 놀란 가습을 쓸어내렸다. 그는 실제로 삼척에 내려가 사건을 겪은 사람들의 후일담을 듣고, 참혹했던 관아의 폐허를 직접 목격했다. 당시의 생존자들은 악귀들이 신분의 높고 낮음도 없이 한몸처럼 달려들었다며 그들을 존비일신(尊卑一身)이라 칭했는데, 줄여서 존비라고 불렀다. 그들이 보여준 용모파기를 보니 자신이 죽였던 자들임을 알 수 있었다. 수배된 그림에는 왜나라 무사나 호랑이 까마귀도 있었는데, 어느 그림이나 몸 한 부분에 화살이 꽂혀 있었다.

전평경은 누군가를 겨냥하고 쏘아댄 화살이 흔적도 없이 상대를 증발시켜 버린 게 아니라, 죽지 않는 괴물로 만들어 어딘가로 이동시켰다는 사실을 깨달았다. 필시 신비의 석장을 건넨 노인 간솔이 관련되어 있을 것이었다.

그는 시간을 들여 사건현장을 둘러보았다. 관아뿐 아니라 민가도 무참히 파괴되었는데 노약자에 아이들까지 존비들의 이빨에 물어 뜯겨 죽임당했다.

그는 앞으로의 일을 어떻게 해야 좋을지 모른 채 나루터로 가 삼척을 떠나는 배에 올랐다. 그를 따라 배에 오르는 험상궂은 인상의 네 남자가 미심쩍었다. 다른 선객들이 모두 배에서 내릴 때 전평경도 내리려 했으나 그들이 막았다. 싸움이 벌어졌고 좁은 공간에서 활을 쓸 수 없는 평경은 그들에게 사로잡히고 말았다. 손이 묶이고 눈이 가려진 그는 바다와 육지를 며칠 간이나 끌려간 끝에 어느 컴컴한 공간에 들어섰다.

어떤 목소리가 그에게 물었다.

"간솔에게서 받은 경소전이장(境所轉移杖)은 어디 있느냐?"

"그 석장의 이름이 경소전이장인가? 활로 만들어 안전한 곳에 보관해 놓았다. 그대가 탐내는 건 내 목숨인가, 그 활인가?"

"활이다."

"그렇다면 있는 곳을 알려줄 테니 그 무기가 무엇이며 간솔이 누구인지 내게 말해줄 수 있는가?"

"그 무기는 육십오능음양군자의 뼈마디이며 노인은 군자를 모시는 교단의 교주이다."

"내가 속았구나. 그 노인이 시체가 일어서도록 술법을 쓴 것이야."

"그렇지 않다. 경소전이장은 사람을 이 공간에서 저 공간으로 이동시킬 힘만 보일 뿐이다. 이동시킨 자를 시체 부대로 만든 놈은 따로 있다. 시체를 되살리는 비법을 지닌 이는 간솔과 손잡은 문곡성의 거북 닮은 물괴이다."

문곡성의 원린자 귀갑자를 모르는 평경은 도리어 물었다.

"무슨 말인지 모르겠구나? 물괴가 어떻게 시체를 살린다는 말인가?"

"너의 활처럼 이 세상에는 믿지 못할 사실들이 많고 이 세상 바깥에는 더욱 많다."

"그들이 왜 손을 잡았단 말인가?"

"간솔은 왕의 외척 중 하나와 손잡고 나라를 집어삼킬 야심을 갖고 있었다. 그러자면 희대의 무기는 필수였겠지. 문곡성의 거북 물괴와 손잡고 왜나라까지 가서 경소전이장을 훔친 건 좋았는데 그 보물을 200년 동안이나 지켜온 무사가 상상 외의 적일 줄은 생각도 못했을 것이다. 그 무사는 고생 끝에 조선까지 따라왔고 결국 간솔을 처치하는 데는 성공했지만 끝내 육십오 능군자의 뼈마디를 되찾진 못했다. 바로 너 때문에! 자, 다 얘기해 줬으니 활이 어디 있는지 말해라."

"그 활을 손에 넣으면 이번에는 네가 나라를 집어삼킬 참이냐?"

"말이 많구나. 시간을 끌 생각인 모양인데, 네놈의 몸뚱아리를 조각조각 자르다 보면 활이 어디 있는지 말하겠지. 여봐라, 저놈의 손가락부터 시작해라."

억센 손들이 평경을 붙잡았다. 저항할 수 없는 신세가 된 그는 정신이 아득해졌다. 칼이 가까이 다가오는 기척이 있었다. 명령을 받는 자들은 지시하는 자를 '대감'이라고 불렀다. 그 순간 바깥에서 어수선한 기척이 있었고 격렬한 고함 소리가 들려왔다. 처절한 격투와 창칼 부딪는 소리가 지난 후 피비린내가 진동을 했다. 악취를 풍기는 손이 다가와 평경을 풀어 주었다.

눈을 가린 천을 치우고 보니 그를 납치했던 자들은 모두 죽어 있었다. 그리고 평경의 앞에는 활과 칼에 만신창이가 된 왜나라 무사가 서 있었다. 평경은 고개를 끄덕인 후 "경소전이장이 훔친 물건임을 알았으니 그대에게 되돌려 주겠다"고 말했다. 뜻밖에도 왜나라 무사는 조선어를 알아듣고는 "길을 안내하라"고 말했다. 저승에서 울려오는 듯한 무시무시한 음성이었다.

어둠이 깔릴 때 평경이 길 안내를 시작했다. 그를 따라 100여 명의 시체가 일렬로 소리도 없이 어둠 속을 걸었다. 평경은 표시해둔 땅속에 묻었던 경소전이장 활을 꺼내 무사에게 돌려 주었다. 그러나 무사는 활을 받는 대신 조선말로 이렇게 말했다.

"그대에게는 욕심이 없어 믿음이 가는구나. 200년 세월이 피곤하니 이제 그대가 나 대신 군자를 모실 차례다."

무사는 활로 자신을 쏘아달라고 말했다. 평경이 시키는 대로 경소전이장의 화살을 쏘니 섬광과 함께 무사의 신체가 한 줌의 먼지가 되고 말았다. 경소전이로 증발한 것이 아니라 기약 없는 의무에서 해방된 것이다. 그와 함께 존비들도 쓰러져 두 번 다시 일어나지 못하는 신세가 되고 말았다.

이튿날 악취가 코를 찌른다는 신고로 수색 군사들이 현장에

가 보니, 삼척관아를 습격했던 자들이 오래 전에 썩은 시신으로 변해 있었다. 사건은 비밀에 부쳐지고 야사의 사관조차 이를 전하지 않았다.

結

그 후 경소전이장도 전평경도 나타나지 않았다. 사람의 육신이 증발해 다른 곳으로 옮겨지는 변고의 소식도 들려오지 않았다. 아마도 간솔에게 속은 것을 안 전평경이 그 이후로는 함부로 화살을 날리지 않았기 때문일 터이다. 왜나라 무사의 '욕심이 없다'는 말이 그를 움직인 것이리라.

경소전이장은 인간 세상에 허용될 수 없는 가공할 만한 이게 세상의 병기이다. 아군의 진영에 있는 장수를 적의 본진으로 보낼 수도 있고, 칼을 쥔 암살자를 왕의 침소로 보낼 수도 있다. 돈 많은 선비를 산적 떼 한가운데에 보낼 수도 있고, 돌림병에 걸린 사람을 인파가 넘치는 장터로 보내는 것도 가능하다. 즉 마음먹기에 따라 나라를 혼란에 빠트리는 데 더 없는 효과를 발휘할 수 있다는 말이다.

육십오능음양군자는 시간과 공간을 오로지할 수 있는 광발(狂發)의 왕이다. 손가락 마디 하나가 이러할진대, 다른 신체

조각이 발견되어 요망한 힘을 드러내면 어떤 참사가 뒤따를 것인가. 상상만으로 아득해진다.

그 오랜 옛날에도 권력에 눈 먼 인간이 이계의 귀갑자와 힘을 합쳐 시체를 일으킬 꾀를 부렸으니, 하물며 인재가 넘치고 기술이 발전할 후세는 더 말할 바가 있으랴. 후환이 두려울 뿐이다.

전평경은 지금까지도 모습을 보이지 않고 있다. 그는 어딘가에 숨어 깨지 않는 잠을 자고 있을 것이다. 그에게 욕심이 생겨나지 않기만을 삼가 바랄 뿐이다. 만약 그의 경소전이장 활을 손에 넣는 자가 있다면 사심을 버리고 무기를 소멸시켜야 한다. 그렇지 않으면 세상이 어지러워지는 것은 불을 보듯 뻔하다.

책을 다 읽은 서만주는 비통한 한숨을 내쉬었다. 아마 병조판서의 반란사건에 가담한 모두가 이 33장을 읽었을 것이다. 그 모두가 잔혹한 꾀와 야음의 비법을 짜내어 비경에 숨어 사는 전평경을 불러냈을 터였다. 세 악한이 그를 숭앙해 고려시대의 제사를 지냈고, 그 위의 이씨 세 명은 친자식까지 바치고 (간계에 의하긴 했지만) 스스로를 바치기까지 했다. 모독적인 모반인 줄도 모르고 치성에만 감동한 전평경은 악의 손길에 호응한 것이다.

아마 왜나라 무사처럼 긴 세월을 살아온 평경은 변화한 시대에 맞춰 활을 화승총으로 개조했겠지만 함부로 사람을 쏘진 않았을 것이다. 사냥꾼의 본능상 쏘았더라도 표적은 국기(國紀)의 문란과는 상관없는 작은 산짐승 정도였으리라. 병조판서 일당은 그에게 '욕심'을 불어넣기 위해 새로운 고려의 왕좌를 약속했을지도 모른다. 속을 알 수 없는 인간의 야욕은 총알보다 무섭고 시체보다 무섭다.

'나는 어떻게 되는 것인가……'

처지를 탄식하고 있을 때 서만주는 코로 몰려드는 피비린내를 느꼈다. 저만치 앞에 붉은 피가 강이 되어 흐르고 그 위에 서만주를 감시하던 옥졸이 시체로 변해 누워 있었다. 옥사 뒤편에 본 모습을 감춘 채 길게 뻗친 촉수가 옥졸의 다리를 감았다. 거대한 뱀을 연상케 하는, 이 세상의 생물 같지 않은 촉수였다. 죽은 옥졸은 거칠게 끌려가고, 잠시 후 다시 뻗쳐온 징그러운 촉수가 서만주의 앞으로 다가왔다. 주름지고 거대한 갈색 촉수 끝에는 용을 닮은 화승총이 한 자루 쥐여 있었다. 촉수는 공손하게 서만주 앞에 총을 내려놓더니 사람에게 들킨 쥐의 꼬리처럼 신속하게 사라졌다.

서만주는 이름이 기억나지 않는 그 촉수 원린자를 《귀경잡록》의 어느 장에선가 읽은 듯했지만, 정체를 규명하는 일은 급선무가 아니었다. 그의 앞으로 돌아온 물건의 장악이 더 중요했다. 야욕은 사라져도 총은 살아 있었다. 그가 총을 지배하는 것이 아니라 총이 그를 지배했다. 육십오능음양군자가 모든 것을 지배했다.

그는 살아 숨 쉬는 화승총을 홀린 듯 붙잡았다. 총신에서 혈관 같은 수십 가닥 촉수가 삐져나와 서만주의 몸을 뚫고 들어갔다. 이를 악물고 비명을 참는 사이, 일전에 보았던 육십오능음양군자의 거체가 암흑의 심상 속에 꿈결처럼 떠올랐다. 병조판서 역모 사건에서 선택되어 증발된 모든 이는 꿈을 꾸었다. 3천 년을 잠들어 있음에도 육십오능음양군자는 살아 있는 인간들에게 넘파(念波)의 영향력을 행사하고 있다는 말이 아닌가.

서만주는 충혈된 눈을 커다랗게 치뜬 채 최악의 공포를 맞이했다. 우주의 비밀이 기(氣)와 혈(血) 구석구석까지 배어들자 그의 오장육부는 이를 감당치 못했다. 피부는 변형되고 터럭은 빠졌으며 남은 가닥은 비정상적으로 굵어졌다. 혈맥의 흐름과 뜀도 바뀌었고, 관절은 이어지되 분리되어 팔다리가 너덜거렸다. 어쩌면 그것은 이 세상의 땅으로 내리누르는 힘(重力)을 거부하는 이계 저편의 움직임지도 몰랐다. 전평경에 이어 이제 서만주가 총의 관리자가 되었다.

그는 손쉽게 감옥의 벽을 뚫고 자취를 감추는 데 성공했다.

영원히 죽지 않는 몸이 된 그는 병조판서 심영주처럼 미지에의 소환을 단행할 수 있는 자가 나타난다면 언제든 불려올 것이다. 조선에 뿌리 깊은 원한을 갖고 있는 전평경이 고려식의 제사를 정성스레 받은 것처럼, 그를 이용하려는 자는 포도청 종사관의 신위(神位)에 절을 올리고 이계의 비밀의식을 거행할지도 모른다. 그날이 올 때까지 서만주는 깊은 어둠 속에서 깨지 않는 잠에 빠져들 것이다. 화승총을 품에 안은 채.

암행어사

1

조선시대 어느 왕 때, '토린결(討麟結)'이라는 모임이 있었다. 발목에 편지를 묶은 비둘기가 도착하면 각지에 흩어져 있던 토린결의 동맹인들은 평택의 어느 서당에서 은밀한 만남을 가졌다. 남자 15명으로 구성된 그들은 양반 사대부라는 것만 알 뿐, 서로에 대해 아는 게 없었고 알려고 들지도 않았다. 동맹인의 신원에 의문을 가지지 않을 것, 본명 대신 가명을 사용할 것, 토론에 임할 때는 탈로 얼굴을 가릴 것, 사적인 이야기는 배제할 것, 포도청에 잡혀가도 비밀을 누설하지 않을 것 등이 이 모임의 철칙이다.

이들은 도적집단이나 혁명분자들보다 더 위험한 회견을 하고 있었다. 토론 연구의 대상이 나라에서 법으로 금하는 불온서적이기 때문이다. 뱀의 피부를 갖고 있다는 선비 기답각자(奇踏覺者) 탁정암이 남긴 《귀경잡록》이 바로 그것이다.

토린결은 이승과 이계(異界)의 경계를 허무는 비결이 숨어 있는《귀경잡록》에 주석을 달고 해독에 힘을 기울여 상식적인 세상이 불허하는 지식을 추구했다. 연구에 정통한 자는 티끌 속에서 새로운 세상을 보았고 찰나에서도 영원의 감각을 느꼈다. 그러나 일부 동맹인은 이계세상의 지혜보다는 불로장생 비법이나 인간의 오감을 넘는 쾌락에 집착해 '순수 학구파'와 마찰을 빚기도 했다.

순수 학구파 가운데 박순탁(당연히 가짜 이름일 것이다)이란 자가 유독 총명했다. 언제나 말뚝이탈을 쓰고 나타나는 그는 확고부동한 언변과 거침없는 학설로 모든 이들의 주목을 받았지만 상대를 압도하는 지적 소양 때문에 적도 많이 두게 되었다. 최근의 모임에서 박순탁은 신비학의 비전(秘傳)에 짧은 생을 바칠 것을 충고하고 인간의 분수에 어긋나는 욕망을 경고하다가 격분한 선비 하나와 몸싸움이 붙어 버렸다.

먼저 시비를 건 이는 박순탁이었다.

"거기 하회탈을 쓰고 계신 안경수 선생(역시 가명일 것이다)! 앞으로 선생은 모임에서 빠져 주시오! 선생의 검은 마음은 우주합일의 비밀이 아니라 환갑 나이에도 어린 처녀 열 명을 상대할 방중술 쪽으로만 기울고 있소!"

"뭐, 뭐라고? 네깟 놈이 나에 대해 무얼 알기로 그따위 망발을 지껄인단 말이냐!"

"음침한 언행으로 알 수 있소. 조화로운 음양을 거론하는 척하면서 초월적인 쾌락에 몸이 달대로 단 본심이 그 입으로 고스란히 드러나고 있잖소?"

"흥! 그러는 네 놈은 왜 무덤에서 시신을 일으키는 주술에만 집착하지? 장차 이 나라를 뒤집어엎기라도 하려는 속셈은 아니더냐?"

멀리 앉아 있던 두 사람은 화를 참지 못해 서로에게 달려들었다. 소매가 찢어지고 갓끈이 떨어지는 멱살잡이 끝에 그만 박순탁의 말뚝이탈과 안경수의 하회탈이 떨어지고 말았다. 모두가 두 사람의 얼굴을 보았고 당사자들 역시 서로의 맨 얼굴을 보았다. 그러나 이목구비를 정확히 기억하기에는 너무나도 짧은 시간이었다. 황급히 탈을 줍던 두 사람은 그만 상대방의 탈을 뒤바꾸어 쓰게 되었다. 얼굴이 노출되었다는 충격에 안경수가 먼저 바깥으로 달려 나갔다. 박순탁이 내 탈을 돌려 달라며 따라왔으나 이미 말을 탄 안경수는 먼지를 일으키며 사라지고 있었다.

그렇잖아도 기찰포교들의 눈에 띨까봐 노심초사하던 불법모임이었다. 분위기가 혼란스러워지자 토린결의 좌장인 낙안거사는 모임을 끝내기로 선언했다. 동맹인들은 서로에 대해 서먹한 감정을 품은 채 뿔뿔이 흩어졌다.

乙

두어 달 뒤의 어느 청명한 날이었다. 섭주의 현령 이웅수의 앞으로 예방이 달려왔다.

"사또! 대감께서 오고 계시나이다!"

"오오, 벌써 도착하셨단 말인고?"

이웅수는 신경 써서 차려입은 관복을 다시 한 번 가다듬고 마중을 나갔다. 저 멀리로부터 긴 행렬이 섭주 동헌으로 다가왔다. 오색 깃발이 찬란하다. 많은 이들의 호위를 받는 평교자(가마) 위에는 위엄이 서려 보이는 중년 선비가 세상이 자기 것이라는 양 오만한 자태로 앉아있다. 이웅수는 바늘방석에 앉은 것처럼 안절부절 못하다가 평교자가 코앞까지 오자 허리를 굽혔다.

"형님 오셨습니까?"

"오냐, 오랜만이로구나."

가마꾼들이 앉자 이웅수의 형인 이웅방이 교자에서 내려왔다. 몸에서 발하는 존재의 무게감이 그 자체로 이웅수와는 격이 달랐다.

"들어가시지요."

"들어가자."

두 사람은 현령의 집무실로 들어갔다. 이웅방이 현령의 자리에 앉고 이웅수는 그 앞에 무릎을 꿇고 앉았다.

"형님, 승진을 경하드리옵니다. 형님이야말로 진정 우리 이씨 가문의 기둥이 아니랄 수 없사옵니다."

"너도 딴생각 없이 글공부만 했었다면 고작 이런 현령 자리이 겠느냐?"

이웅수의 얼굴이 붉어졌다.

그의 형 이웅방은 나라의 목축업을 관장하는 관청 사복시(司僕侍)의 첨정(僉正)으로 오늘날로 치면 시, 도 관공서의 장이다. 이 첨정 벼슬만으로도 이씨 가문에선 큰 경사였는데, 바로 며칠 전 그는 결원이 생긴 사헌부의 장령(掌令) 자리를 임시로 맡으라는 주상전하의 교지를 받았다. 결원의 이유는 전임 장령이 병으로 죽었기 때문이다. 임시라고는 하지만 벼락 승진이었다. 47세의 나이에 이웅방은 감찰기관의 최고 자리에 오른 것이다.

"출세의 길은 학문을 닦기만 해서 통하지 않는다. 인맥의 관리에 게으름피우지 말 것이며, 언제 찾아올지 모를 기회도 확실하게 잡아야 하는 법이다."

"예. 형님……."

이웅수의 대답에 힘이 없었다.

"지금은 임시직의 형태를 띠고 있지만 이 자리는 곧 내 것이 된다. 나를 밀어주는 어른들이 그렇게 만들 테니까 말이다. 물론 반대하는 자들은 어떻게든 나를 밀어내려 하겠지. 내가 오늘 너를 찾은 건 다른 이유 때문이 아니다."

"천 리 길을 마다않고 오신 건 간만에 아우와 한잔하려 하심이 아니었습니까?"

이응수는 아첨하는 낯으로 형을 바라보았지만 각이 진 이응방의 얼굴은 싸늘했다.

"나를 반대하는 자들은 내가 신임되는 걸 그대로 두고 보지 않아. 재산현황부터 매관매직 전력, 처첩의 신분, 가족관계까지 조사하려 들 거다. 부정한 사실을 하나라도 들춰내야 나를 그 자리에서 떨어트릴 수 있으니까."

이응방이 동생의 얼굴을 정면으로 응시했다.

"너 요새도 그 요상한 책을 갖고 있니?"

"요상한 책이라니요?"

"《귀경잡록》."

"혀, 형님! 천부당만부당한 말씀이십니다! 제 어찌 그런 사특한 글귀를 또다시 접하겠습니까?"

"거짓이 아니렷다?"

"당연하지요!"

이응방이 곰방대를 입에 물고 한 모금 연기를 빨았다.

"15년 전 일을 잊진 않았겠지? 네가 그 책에 푹 빠진 바람에 우리 집안이 도륙날 뻔했지 않느냐?"

"어찌 잊겠습니까? 아버님께선 어리석은 이놈 때문에 사흘 동안 옥살이까지 하셨는데요!"

"죄 없는 노비를 범인으로 몰지 않았으면 사흘이 아니라 30년을 옥에 갇히셨겠지."

이응방이 언성을 높였다.

"나와 숙부님이 재빨리 행동을 취하지 않았으면 우리 가문은 그때 끝장났어. 모든 게 정신을 못 차린 네 녀석 탓이야. 머리가 나쁜데다가 저지르는 일엔 생각이 없지."

이응수가 바닥에 넙죽 엎드렸다.

"죽어도 잊지 못할 은혜지요! 이제는 정신차렸습니다, 형님! 다 철없던 시절 얘깁니다. 이렇게 나라의 녹을 먹는 몸이 되었는데 어찌 제가 또 그런 서적을 읽겠습니까?"

이응방의 표정이 조금 풀어졌다.

"그럼, 그래야지. 국법으로 금하는 불온서책을 현령인 네가 읽는다는 소문이 나면 어디 내 벼슬길이 막히는 것으로만 끝나겠느냐? 이씨 사람들 목이 모조리 참수되어 저잣거리에 내걸리겠지."

"지당하신 말씀이옵니다."

"자, 그럼 지금부터 내가 하는 말을 잘 들어라, 응수야."

"예, 형님!"

"곧 암행어사들이 대대적으로 전국 각지를 감찰하러 돌아다 닐 것이다."

"암행어사가요?"

"그래. 그자들은 특히 이곳 섭주에 관심을 가질 것이고, 내 동 생인 너에게서 흠을 찾아내기 위해 이 잡듯이 몰아댈 것이다. 나를 사헌부에서 떨쳐내기 위해서 말이다."

"그렇구만요!"

이웅수의 등줄기에 식은땀이 흘러내렸다.

"네 입으로 이젠 사특한 글귀를 접하지 않는다 하니 그건 마 음을 놓겠다. 감사 준비를 철저히 해놓거라. 백성들에게 빼앗은 게 있거든 뒤탈 없이 잘 숨겨 놓고, 모든 장부와 창고의 현물은 하나도 빠짐없이 수와 양을 맞춰놔야 한다. 소원(민원)처리를 늦 게 한 것은 없는지, 고발장을 흘려 넘기지는 않았는지 전부 점 검하거라."

"명심하겠습니다."

"다시 한 번 묻겠다. 정말 그 책 안 보는 거 확실하지?"

"예, 형님!"

"네 목숨을 걸고서도 맹세할 수 있지?"

"맹세할 수 있습니다, 형님!"

"음……, 좋다. 내 괜히 너를 의심하였구나."

"저 그런데 형님……, 그 많은 암행어사들이 형님 하나 때문에 전국적으로 움직이는 겁니까?"

"아니. 다 잡아들이기 위해서지."

"누굴 말입니까?"

"토린결 동맹인들 말이다."

"그건 또 뭡니까?"

"요사이 평택 땅에 토린결이라는 비밀단체가 나타나 국법을 어기고 세상의 질서를 어지럽히고 있다 한다. 그게 뭐냐면 사람들 눈을 피해 《귀경잡록》을 공부하는 모임이야. 얼마 전 포도청에서 동맹인 한 놈을 붙잡아 의금부로 압송해 갔는데, 주리를 틀어 물고를 내보니 놀랍게도 너처럼 지방 현령이라고 자백하지 않겠느냐? 그것 때문에 대궐이 시끌벅적하단다. 이젠 반상의 구별 없이 사대부들에게도 허황된 책이 유포되고 있다는 말이 아니고 뭐겠느냐?"

"그럼 포도청은 지금도 잔당들을 쫓고 있겠네요?"

"수사는 계속되고 있는데 워낙 비밀리에 행하는 작전이라 지금까지 더 잡힌 자가 있는지는 잘 모르겠다. 어쨌든 그 사건 때문에 암행어사들이 전국의 현령들을 상대로 이 잡듯 조사할 것은 사실이다. 허황된 책을 쫓는 무리들이 많으면 많을수록 엄청난 피바람이 몰아치겠지."

"염려 마십시오, 형님. 저는 불경한 무리를 잡아들이는 원님이지, 불경한 무리에 섞이는 죄인이 아닙니다."

동생의 강경한 어조에 이응방의 얼굴도 풀어졌다.

"그래, 네 기백이 좋구나. 여하튼 한양의 분위기가 그러니 조심하라는 말이다. 그럼 간만에 형제끼리 상봉했으니 술이라도 한잔하겠느냐?"

"주안상을 마련하겠습니다."

"제수씨는 잘 있느냐? 셋째 조카로 옥동자를 낳았다면서?"

이응수는 형의 말이 하나도 귀에 들어오지 않았다. 궤짝에 숨겨둔 말뚝이탈 생각만 하고 있었다. 박순탁이 쓰고 있던 탈이었다. 이응수가 안경수란 가짜 이름으로 행세했을 때 쓴 하회탈은 박순탁이 갖고 있을 것이다. 아주 잠시 동안이었지만 그의 맨얼굴은 열네 명의 토린결 동맹인들에게 그대로 노출되었다. 이제 그중의 한 놈이 붙잡혀 의금부로 송치되었다고 한다. 의금부로! 국문(鞫拷)의 이름으로 자행되는 끔찍한 고문을 떠올리자 이응수는 이가 덜덜 떨렸다.

대체 어떻게 붙잡힌 걸까? 극도로 조심스럽게 열린 모임이었는데…… 만약 그 열네 명 중에 조정의 첩자가 있었다면!

백성들 사이로 들불처럼 번지는 《귀경잡록》의 유포는 중대

범죄다. 사악한 술법으로 나라를 엎을 반란분자를 결속시킨다는 이유 때문이다. 일반인도 아닌 관헌 신분을 가진 그가 토린결의 동맹인이었다는 사실이 들통 나면 이는 엄청난 재앙이 된다. 대역 죄인으로 몰려 사지가 찢기는 능지처참을 당하고 자자손손 멸문지화를 당하는 것이다.

이웅수는 형이 따라주는 술의 맛을 전혀 느끼지 못했다. 그의 인생 최대의 위기가 닥치고 만 것이다.

3

이응방이 한양으로 돌아간 다음날부터 섭주에 강도와 절도 범죄가 급증했다. 범행대상은 외지인들로 신분의 고하와 남녀노소의 구분이 없었다. 섭주에 나타난 외지인이라면 누구나 봇짐을 털렸다. 범인 중에는 산적도, 들치기꾼도, 야바위꾼도 있었는데 이들은 봇짐만 탐냈지 사람을 다치게 하지는 않았다.

이상하게도 그들은 대략 하루 정도가 지나면 한 명도 빠짐없이 검거되었다. 봇짐은 원래 그대로의 모습으로 주인에게 돌아갔다. 포졸들은 봇짐을 건네주면서 범인이 사람 열 명을 죽이고 상습적으로 남의 물건을 훔치는 흉악범인데 직접 대질을 해서 조사받겠느냐 묻는다. 피해자들은 겁에 질린 얼굴로 짐만 찾으면 됐다며 서둘러 섭주를 떠난다.

이렇게 해서 범인의 얼굴을 아는 자는 아무도 없었다. 절도범으로 가득하리라 예상되는 관아 옥사가 실제로는 텅 비어있다는 사실을 아는 자 역시 아무도 없었다.

결국 객지에서 봉변을 당해 분통이 터지던 외지인들이 막상 떠날 때는 하루 만에 사건을 해결해 준 고을의 치안에 대해 칭찬을 아끼지 않게 되는데, 이런 되풀이는 섭주의 치안책임자인 이응수에게 좋게 작용할 수밖에 없었다.

이응방이 돌아가고 50일이 지난 어느 날 밤이었다. 동헌의 사랑채에 그림자 하나가 나타났다.

"사또 계시옵니까?"

"누구냐?"

"황소이옵니다."

"들어오너라."

이름이 무색할 만큼 황소처럼 큰 사나이가 사랑채에 들어가 넙죽 절을 올렸다.

"어인 일이냐?"

"낯선 놈이 또 섭주에 나타났습니다."

"이번에도 장사치더냐?"

"아닙니다. 이걸 보십시오."

황소는 가지고 들어온 봇짐을 풀었다. 기록을 할 수 있는 백지 서책 두 권에 크고 작은 붓이 네 자루, 그리고 두루마기 몇 벌이 곱게 개켜진 채 나타났다.

"안에 손을 넣어 보십시오."

두루마기에 손을 넣은 이응수의 표정이 변했다. 손가락에 닿은 그것은 엽전처럼 둥글었지만 크기 때문에 손가락 다섯 개를

다 사용해야 쥘 수 있는 구리쇠였다. 꺼내 보니 앞면에는 말 다섯 마리가, 뒷면에는 상서원(尙瑞院, 옥새 등 임금의 물건들을 관리하는 관서이며, 마패 등을 발행한다)의 직인이 찍혀 있었다.

"드디어 섭주에도 암행어사가 당도했단 말인가······."

마패를 유심히 쳐다보던 이응수가 황소에게 물었다.

"이것을 어떻게 손에 넣었느냐?"

"예. 오늘 낮에 주막집 심부름꾼인 협쇠가 낯선 놈이 저잣거리에 나타났다고 해서 가 보니, 키는 저만 한데 몸은 호리호리한 선비가 국밥을 먹고 있었습니다. 생김새가 예삿놈 같지 않았습지요. 주막집 아낙이 말을 걸어도 답을 하지 않고 이곳 관가가 어디냐고만 묻더랍니다. 하는 짓이 몹시 수상하여 사람을 시켜 뒤를 밟게 했습니다. 놈은 장터의 점포 여기저기에 들러 물건을 사는 척하며 이 고을은 어떤 곳이냐, 이곳 사또는 어떤 사람이냐, 살다가 억울한 일을 겪진 않았느냐고 묻고 다니더랍니다."

"그래?"

"예. 서둘러 사또나리께 알려드려야 했습죠. 그런데 놈이 여간내기가 아닌지 행동에 빈틈이 없었습니다. 짐을 한 번도 등에서 내려놓지 않았으니까요. 그렇게 수하 네 놈을 시켜 하루 종일 동서남북으로 미행만 할 판이었는데 산신령이 도우셨는지 놈이 뒷산 냇가에 이르러 봇짐을 벗어 놓더니 얼굴을 씻는 게 아니겠습니까? 그 틈에 낚아채어 튀었는데, 놈이 따라오는 걸 따돌리는게 여간 힘든 일이 아니었습니다. 그래서 시간이 이리도 지체되었습지요."

"지금 그자는 잃어버린 물건을 찾느라 정신이 없겠군."

"그렇습니다요."

"어디 있는지 아느냐?"

"예. 장터를 돌아다니며 4인조 도적패를 아느냐고 묻고 다니다가 좀 전에 굴뚝집 주막으로 들어갔다 합니다요."

섭주의 범죄율을 올리는 자와 검거율을 올리는 자의 대화는 더 이상 이어지지 않았다. 이응수는 드디어 나타난 암행어사를 어떻게 처리하면 좋을지를 생각하느라 병풍만 뚫어져라 쳐다보았다.

"그래, 내 이번 일을 아주 확실한 전화위복으로 삼아야겠구나. 그자가 굴뚝집에 들어간 건 오늘 밤을 묵기 위함이렸다?"

"그렇습니다요."

"수고했다. 물러가거라."

황소가 절을 꾸벅 하고 나갔다. 이응수는 밤늦은 시간임에도 종을 시켜 이방과 호방 등 육방을 깨워 불러들인 다음 암행어사의 출현을 알렸다. 털어도 먼지 하나 나오지 않도록 철저한 대비를 지시하고 '책임'이란 말을 거듭 강조해 잠이 덜 깬 그들에게 긴장을 불어넣었다. 그들이 돌아가자 이응수는 종이를 가져와 마패에 먹물을 묻힌 후 탁본을 떴다.

4

아침이 되자 이웅수는 이방과 예방을 거느리고 친히 굴뚝집 주막으로 갔다. 주모는 자류마(밤색털의 말)를 타고 오는 사람이 고을 사또임을 알고는 깜짝 놀랐다.

"주모, 여기 타지에서 온 손님이 있지?"

"타지 손님이야 항상 있는뎁쇼."

"어제 봇짐을 잃은 사람 말일세."

"아! 그 선비님 말입니까? 계십니다요."

"어디 계신가?"

"지금 뒷간을 가셨는데요."

"뒷간?"

이웅수가 피식 웃었다. 마패를 잃어버리니 오장육부가 뒤집혀 설사병이라도 난 게로군.

"사또, 잠시 여기 들마루에라도 앉아서 기다리시지요?"

예방이 권고했으나 이웅수는 듣지 않았다. 확실한 전화위복의 결심만을 상기했다.

"주모, 뒷간이 어딘가?"

"저기 마당 뒤편으로 돌아가면 있습니다요."

"알았네. 둘은 나를 따르게."

"예?"

이방과 예방이 동시에 답했다.

"오기 싫으면 말고."

"아, 아닙니다, 사또."

이웅수는 울타리가 쳐진 마당을 돌아 걸어갔다. 아침 햇살 아래 노닐던 병아리 떼가 쪼르르 흩어졌다. 이방과 예방은 허리를 구부린 채 서로의 얼굴을 쳐다보며 걸었다. 몇 걸음 디디기도 전에 참나무 문이 튼실해 보이는 뒷간이 나왔다.

장난기가 발동한 이웅수는 목에 손을 대고 내시처럼 가는 목소리를 냈다.

"봇짐 잃어버린 사람이 혹시 여기 있소?"

"그렇소만 뉘시오?"

울림이 큰 목소리가 뒷간 안에서 나왔다. 절박함은 찾아볼 수 없고 위풍당당한 기색이다. 아하, 암행어사니까 이 정도로는 꿈쩍도 안 한다 이거지? 이웅수가 수염을 쓰다듬었다.

"짐을 찾아온 포졸이올시다."

"이 고을이 도둑이 아무리 들끓어도 바로 붙잡고, 아무리 잡아넣어도 또 도둑이 들끓는다더니 사실이었군."

이웅수의 입에서 허하는 헛바람이 새어 나왔다.

"짐 찾아준 사람한테 고맙다는 말은 못할망정 별 희한한 소릴

다 듣겠네."

"섭주 현의 포졸이라면 내 말이 틀리지 않다는 걸 잘 아실 텐데."

이방이 "이분은 사또⋯⋯" 하고 입을 떼려는 걸 이응수가 손을 들어 막았다.

"어디 보자⋯⋯. 인삼 다섯 뿌리에 구기자 한 근가량 든 이 짐이 당신 게 맞소?"

"뭐요? 인삼하고 구기자? 이런 젠장⋯⋯. 그 짐은 내 것이 아니오."

"그럼 댁은 뭘 잃어버렸소?"

"백지 서책 두 권하고 붓 네 필에⋯⋯."

"네 필에?"

"나머지는 이곳 사또를 뵌 후 직접 얘기하겠소."

"나한테 말하면 왜 안 된다는 거요?"

"일개 포졸한테 알릴 만한 물건이 아니오."

"내가 사또 어른께 보고를 올려도?"

"그렇소. 내가 직접 만나 얘기해야 하오."

"사또께서는 경주 관아에 출타 중이라 보름 후에나 돌아오실 게요."

"뭐요! 그게 정말이오?"

놀란 음성이 돌아왔다. 이응수는 저도 모르게 하하하 웃고 말았다. 의심 가득한 음성이 참나무 문 틈새로 나왔다.

"당신 정말 이곳 포졸이오?"

"그렇소."

"사또께서 정말 보름이나 자리를 비우셨단 말이오?"

"이만 가야겠소. 이 인삼과 구기자가 당신 것도 아닌데 입씨름할 시간이 없소."

"잠깐만 기다리시오! 뒤가 급해서 여기 들어앉은 사람을 이렇게 독촉하는 법이 어디 있소? 당신 때문에 진작 끝냈을 볼 일도 못 보고 있잖소?"

아까보다 더 빠른 음성이 돌아왔다. 경상도 말을 쓰고 있지만 한양 억양이 강하다. 일부러 남쪽 사람 흉내를 낸다는 인상이 강했다.

"내가 언제 독촉을 했다고 그러오? 나는 바쁘니 이만 가오."

"잠깐만. 포졸 양반 이름이 어떻게 되오?"

"왜? 나중에 사또 어른 만나면 이르려고?"

"……."

"나는 가오."

이응수가 물러나 들마루에 자리를 잡고 앉았다. 틀림없는 암행어사다. 당당한 태도나 힘 있는 언변으로 보아 신분증을 도용

한 사기꾼은 아니다. 마패에 찍힌 상서원 직인과 세세한 문양도 모조품 같지는 않다. 일부러 경상도 말을 구사하는 건 한양 사람임을 숨기기 위함인데 어색한 사투리가 도리어 출신지를 알려주고 있다.

이응수는 뒷간에서 나온 사람이 마패의 주인이라면 일단 사과부터 하고 비위를 맞춰줄 요량이었다. 조정이 파견한 암행어사를, 그것도 볼 일을 보는 사이에 희롱하다니 스스로 생각해도 장난이 심했다.

그러나 그가 대담해진 데는 이유가 있었다.

형 이응방이 이달 열사흘날에 예정을 앞당겨 이미 사헌부의 장령, 즉 감찰기관의 장 자리를 차고앉아 버린 것이다. 인사이동을 둘러싸고 두 당파 간에 잡음이 끊이질 않자 주상전하는 예정보다 빨리 이응방의 도임(반령)을 명해 신하들의 말싸움을 잠재워 버렸다. 이 인사이동에는 이응방에 대한 주상전하의 보이지 않는 총애가 있었다. 다른 이도 아닌 최고 권력자의 입김 앞에서 암행어사 따위는 두렵지가 않았다. 원님 덕에 나팔 분다고 동생인 이응수는 실제로 원님임에도 지금 다른 원님의 덕을 톡톡히 입고 있는 것이다.

'어사든 어삼이든 너무 늦게 왔어. 놈들은 나를 못 건드려. 오히려 내 형님의 눈에 들려고 아양을 떨어야 할걸. 이 몸은 적당히 비위만 맞춰주면 되는 거야. 뒷간을 나오면 꼴에 암행어사라고 어깨에 힘을 줄지 몰라도 잔칫상에 예쁜 기녀들을 대하면 입이 벌어지겠지. 그러면 이곳의 감사도 그냥 끝이 나고 모든 건 평소처럼 돌아가. 흐흐흐. 토린결의 일도 따지고 보면 내가 거기에 가담했다는 아무런 물증이 없잖아. 《귀경잡록》은 이미 불태웠고 이름도 가명, 얼굴이 노출된 것도 지극히 짧은 순간. 누가 나같이 평범한 얼굴을 기억하겠어? 이거 당하고 보니 아무것도 아닌 일에 지레 겁먹어 외지인들 짐을 빼앗아 뒤져온 건 아닐까?'

"어디 계시오?"

대청마루에 삐딱하게 앉은 이응수에게 뒷간에서 나온 사람이 걸어왔다. 이응수는 옷매무새를 가다듬고 일어섰다.

"어디 계시냐니까요? 포졸나리."

이응수가 고개를 갸웃거렸다. 당차고 청아한 저 목소리……. 어디서 들었더라?

"아! 장난을 치셨군요! 포졸이 아니라 사또어른 아니십니까?"

어사가 활짝 웃었다.

이웅수는 놀란 입을 다물지 못했다. 뒷간 냄새를 풍기며 맨 상투 바람으로 다가온 암행어사는 토린결의 일원, 멱살을 흔들고 싸우다 탈이 벗겨졌을 때 보았던 박순탁이었다.

이웅수의 충격에 아랑곳없이 암행어사는 어리둥절한 듯 눈만 깜빡거렸다.

5

이 세상에 완벽한 게 어디 있겠냐마는 그중에서 가장 완벽하지 않은 것 중 하나가 인간의 기억이다. 지금 이응수의 경우가 그랬다.

탈이 벗겨졌을 당시 그는 박순탁의 얼굴을 보았다. 그야말로 눈 깜빡할 사이의 대면에서 기억나는 건 잘생긴 얼굴이라는 전체적 윤곽이지, 얼굴에 점이 있거나 짝눈이거나 여덟 팔 자 눈썹이거나 하는 자잘한 사항은 아니다. 그의 앞에 나타난 암행어사도 잘생긴 얼굴을 갖고 있었다. 아무리 봐도 박순탁이 맞는 것 같다. 그러나 확신할 수는 없다.

사람의 얼굴이란 제각기 다르면서도 조금씩 닮았다. 어사는 박순탁이 아닐 수도 있었지만 이응수의 주관은 이자가 틀림없는 박순탁이라고 경고하고 있었다. 어사의 잘생긴 얼굴은 말뚝이탈이 벗겨졌을 때 보았던 그 얼굴과 너무나도 똑같았다.

박순탁은 토린결에서 가장 활발하게 의견을 개진한 자였다. 가장 말이 많았고 표현도 유창한 달변가였다. 그러나 탈박에 가로막힌 목소리와 귓가에서 울리는 목소리를 구분하기란 영 쉽지가 않다. 그놈이 그놈인 듯한데 달리 보면 그놈이 그놈이 아닌 것 같다.

이웅수의 주관은 끊임없이 속삭였다.

'얼굴을 보자마자 그놈을 떠올린 이유는 딱 하나야. 다섯 가지 감각이 주인인 너를 지키기 위해 이날 이때까지 그놈을 기억해온 거라구.'

'그렇다면 이런 결론도 나올 수 있지!' 이웅수가 무릎을 탁 쳤다. '그놈도 나를 알고 있는데 시치미를 떼고 있는 거라고. 어째서? 처음부터 놈은 조정의 첩자였으니까! 나를 잡아넣으려고 의도적으로 토린결에 가입했던 거라고! 내가 안경수라는 걸 인정하라고 유도 심문을 던질지도 몰라. 그렇다면 놈이 박순탁임에 틀림없으니까 조심 또 조심해야 해!'

동헌의 사랑채에 둘이 앉은 이웅수는 한참이나 어사의 얼굴을 뜯어보았다. 어사 역시도 그를 마주보았다.

"제가 누군지는 잘 아시겠지요?" 어사가 입을 떼었다.

"혹시 일전에…… 우리가 만난 적이 있었소이까?" 이웅수가 조심스럽게 반문했다.

어사가 고개를 젖히고 웃었다. 생각하기에 따라 너에 관해 다 알고 있다는 자신감의 웃음일수도, 아니면 뭔가 바라는 게 있는 아양의 웃음일 수도 있었다.

"왜 그런 것을 묻소이까, 사또?"

"낯이 익은 듯하여 그렇소이다."

어사가 고개를 끄덕이며 답했다.

"내 섭주 땅을 밟기는 평생 처음이오!"

이웅수는 어사의 대답 하나하나가 마음에 들지 않았다. 언어는 직설적이질 않았고 내포와 함축이 가득했다.

"이 웅 자 수 자 나리를 보니 이렇게 맘이 기쁠 수가 없소이다."

"어사께오서도 존성대명(尊姓大名)을 가르쳐 주시겠소?"

"그 전에 내 마패부터 돌려 주시겠소?"

이웅수는 장롱에 넣어 두었던 마패를 꺼내어 어사 앞에 놓았다. 어사는 마패를 이리저리 뜯어보다가 품속에 넣었다.

"감사하오. 이 몸의 보잘것없는 이름을 알려드리리다. 파평 윤씨 성을 쓰고 자는 상일이라 하오."

윤씨 성을 쓰고? '쓰고'?

"어디에서 나오셨습니까?"

윤상일, 윤상일…… 머릿속으로 이름을 외우며 이웅수는 물었다.

"이조(吏曹)지요."

"조정에 계시는 건 아는데 이조 어디 말입니까?"

"아하, 사또께서 잘 모르시는군요."

"뭘 말이오?"

"암행어사는 주상전하께서 친히 임명할 뿐 아니라 그 행동까지 비밀에 부친다는 사실조차 모르신단 말이오? 내 비록 품계는 낮은 당하관이지만 신분보장만큼은 앉아계신 사또보다 더욱 탄탄하다 이 말입니다. 무슨 말인고 하니, 나는 사또의 질문에 대답을 하지 않아도 된다는 것이지요."

'으음…… 과연 가볍게 볼 놈이 아니로구나.'

이응수가 속으로 이를 가는데 윤상일이 불쑥 말했다.

"그런데 내 특별히 사또께는 알려드리리다."

"그래 주신다면 감사하지요."

"원래 내수사(內需司, 왕실재정관리를 위한 조선의 관청)의 별제(別提, 정·종 6품 관직)인데 이번에 암행어사 일을 하게 되었소이다."

이응수가 침을 꿀꺽 삼켰다. 이놈은 암행어사가 아닐 수도 있다!

"왜 특별히 내게 신분을 공개하는 것이오?"

"에이, 몰라서 묻소이까?"

윤상일이 씨익 웃었다. 이제 이응수에게는 놈의 거동 하나하나가 의심스러웠다.

"뭘 말이오?"

그때 누군가의 목소리가 대화를 중지시켰다.

"사또, 이방이옵니다."

"무슨 일인가?"

"관비(官費) 출납의 장부가 다 준비되었사옵니다."

"알겠네."

윤상일이 이응수를 쳐다보는데 여전히 싱글벙글이다.

"어사, 지명하신 문서들이 다 올라온 모양이오."

"이렇게 빨리요? 그럼 곧장 보러 갈까요?"

"아니, 차도 한잔 드시지 않고 수인사도 나누지 못했는데 벌써 감사에 들어가시려오?"

"속히 본론으로 들어감이 사또의 긴장을 덜어 주는 일이 아니겠소이까?"

"어사의 봇짐을 훔친 도둑놈들은 전혀 궁금하지 않은 모양이오?"

"물건이 하나도 빠짐없이 돌아왔는데 궁금할 일이 뭐 있겠소? 사또께서 알아서 처리하셨겠지요?"

윤상일은 알 수 없는 웃음을 남기고 일어났다. 이방이 그를 수행했다. 장부들이 켜켜이 쌓인 집무실에 다다랐을 때 윤상일이 이웅수를 돌아보았다.

"어허, 사또께서 여기까지 따라오신다면 이 몸이 제대로 감찰을 할 수 있겠습니까? 이방만 데려가겠습니다."

"그, 그럼 저는 밖에서 기다리지요."

"시간이 걸린 터인즉 그냥 내실에 들어가서서 쉬고 계십시오."

한 가지 묘책이 이웅수의 머리에 떠올랐다.

"알겠소이다. 그럼 그 사이 점심 준비나 해놓지요. 섭주의 산채비빔밥은 주상전하께옵서도 즐겨 잡수시는 진미 중의 진미랍니다."

"그렇습니까? 기대하겠습니다."

"어사께선 말씨가 경상도 사람 같기도 하고 경기도 사람 같기도 한데 고향이 어딥니까?"

"집은 장호원인데 유년 시절을 대구에서 보냈소이다."

대답이 거침없었지만 이웅수는 윤상일의 얼굴에서 잠시 멈칫거리는 기미를 본 것 같았다. 박순탁은 분명한 경기도 말씨를 썼다.

어사와 이방이 집무실 안으로 들어가 문까지 닫아 잠그자 이웅수는 나는 듯이 달려 형방을 불렀다.

"여보게 형방."

"예. 사또."

"저 작자가 암행어사인지 아니면 우리 등을 치는 사기꾼인지 구별할 방법이 없네."

"마패를 갖고 있지 않았습니까?"

"어허! 그 마패가 어디 산길을 가다 주운 건지, 아니면 진짜 어사를 암매장하고 강탈한 건지 어찌 안단 말인가! 뒷간에서 모습을 숨길 때는 그렇게나 당당한 사람이 나를 만나자마자 갖은 아양을 떠는 행색이 수상하단 말일세. 자네도 잘 알다시피 지금껏 감찰 나온 작자들은 죄다 거만하기 짝이 없지 않았던가? 새겨들어 두게. 암행어사를 관장하는 기관은 이조인데 저자가 말하길 자기는 내수사에서 왔다는 걸세!"

"내, 내수사라면 호조의 관할이 아니옵니까?"

그제서야 형방의 얼굴도 굳어진다.

"김춘각이를 빨리 데려오게."

"환쟁이(화가를 낮게 부르는 말)는 왜요?"

"이 사람이! 본관이 시키면 시키는 대로 냉큼 시행할 일이지!"

"예, 예! 사또!"

형방이 어딘가로 달려간 사이 사또는 황소를 불렀다. 창을 쥔 포졸의 모습으로 옥사를 지키던 황소가 급히 달려왔다.

"부르셨사옵니까?"

"오냐, 너 이걸 품에 잘 넣어 두거라."

그는 마패의 탁본을 찍은 종이를 건넸다. 황소는 심상찮은 일이 있음을 알고는 얼른 탁본지를 품속에 숨겼다.

"조금 있다가 그걸 갖고 형님 댁에 갔다오너라."

"예? 큰대감마님 댁에요?"

"그래. 내 말을 타고 가라. 무슨 일이 있어도 이틀 안에 다시 여기로 돌아와야 한다."

"나리! 한양까지 이틀이면 무립니다요!"

"너를 살리기 위함이다!"

"소인을요?"

"그래. 어사가 마패 훔쳐간 놈을 당장 대령하라 소리치고, 또 지금까지 섭주에서 강절도 사건이 왜 이리 많았냐고 시방 물고 늘어지고 있다. 나아 줄이 있어 가벼운 징계만 받을 것이지만 너는 전과가 많아 두 번 다시 햇볕을 볼 수 없을지도 모른단 말이니라!"

"사또 나리! 소인은 나리가 시키시는 대로 했을 뿐입니다요! 또다시 옥에 가긴 싫습니다요!"

"그러니까 저자가 진짜 어산지 아닌지 그것부터 밝혀내야 해. 이따가 어사와 내가 오찬을 들 때 환쟁이 김춘각이 몰래 저자의 얼굴을 그릴 것이야. 그러면 너는 탁본지와 초상화를 가지고 죽을힘을 다해 달려 형님께 직접 보여드려야 한단 말이다. 그리고 이렇게 여쭙거라. 내수사의 윤상일이란 자가 암행어사를 띠고 왔는데 아무래도 형님을 음해하는 가짜인 것 같으니 등청하시면 그런 사람이 실제로 있는지 여부와, 있다면 그림 속의 인물과 동일인인지 확인을 해달라고 말이다."

힘이 세고 머리가 나쁜 황소는 이응수의 말이 하도 빨라 정신이 없었다.

"무슨 말인고 하니 황소야, 너도 나도 죽지 말고 같이 살잔 말이다."

이응수는 황소가 외워야 할 것을 다시 한 번 차분하게 알려주었다.

얼마 후 윤상일이 집무실을 나왔다. 뒤따라 나온 이방이 어사 몰래 슬쩍 고갯짓을 해 일이 잘되었음을 알렸다.

"초일기(草日記, 출납장부) 정리가 아주 훌륭하오, 사또. 지우고 새로 적은 것도, 누락된 것도 하나 없어요. 나라에 올린 진상도 시기마다 제대로 이행하셨소. 뭘 털어내려 해도 털어낼 것이 없구만."

'이놈이 왜 이렇게 나한테 잘해주는 거지? 보통은 없는 것도 만들어 호통을 친 후 뇌물을 요구하는 게 관례인데.'

이응수는 속마음을 드러내지 않고 말했다.

"저는 부덕하오나 육방관속들이 행정업무를 잘 해주고 있습니다. 자, 그럼 산채비빔밥을 드시러 가십시다. 마침 날씨가 좋아 뒤뜰 정자에다가 점심을 차려놨습니다."

"그러십니까? 하하하."

정자에 오른 두 사람은 기생의 가야금 연주를 들으며 산채비빔밥을 먹었다. 매미 소리가 끓고 햇볕이 쨍쨍했다. 정자를 호위하는 나졸들은 창을 꼿꼿이 세운 채 평소와 달리 군기가 바짝 든 모습을 보였다. 큰 소나무 뒤에서는 김춘각 노인이 윤상일의 얼굴을 몰래 그리고 있었다. 김춘각은 범죄자의 용모를 실물과 똑같게 그릴 줄 알아 양반으로 태어났으면 김홍도나 신윤복에 버금가는 화가가 되었을 거라고 세평이 자자하던 위인이었다. 완성된 그림을 받자마자 황소는 말에 올라 한양 이응방 대감댁을 향해 전속력으로 달렸다.

6

그날은 더 이상 아무 일도 일어나지 않았다. 윤상일은 다음 날의 감사에 대해 일언반구 없이 이응수가 준비한 푸짐한 접대를 받았다. 처음의 당당하던 모습과 달리 아첨하는 낯이 된 그는 기생을 잡고 음담패설을 늘어놓고 이응수에게 좋아하는 술이 무언지를 묻기도 했다. 부정부패를 캐러 나온 어사의 모습과는 거리가 있어 보였다. 사헌부의 장령으로 승진한 사또의 형 때문인지, 아니면 시커먼 속이 있어서 그러는 건지 이응수의 피가 바짝바짝 타들어갔다. 그가 박순탁이라는 확신과 박순탁이 아닐지도 모른다는 희망이 수시로 엇갈렸다. 이날 이응수는 잠을 설쳤다.

다음 날 아침이 밝았다.

"그래, 오늘은 어떤 감사를 하시려오?" 이응수가 어사에게 물었다.

"민정을 시찰하려고 합니다."

"저잣거리에 나가신다고?"

"그렇소이다."

"타고 가실 말과 수행할 사람을 준비시키지요."

"내버려 두십시오. 말 타고 수행원까지 거느린 어사에게 백성들이 제대로 된 답을 내놓겠소이까?"

"이곳 백성들은 외지인에게 속을 잘 드러내질 않소."

"나처럼 말이오?"

"그럴 수도 있겠구려."

"사또가 그렇게 시킨 것이오?"

"원래 경상도 끝자락인 이곳 인심이 좀 야박하오."

"호랑이를 잡으려면 굴부터 들어가라고 했소, 하하하."

이응수의 얼굴이 약간 벌개졌다.

"쥐를 잡으려면 문부터 닫으라는 말도 있소."

"그 쥐가 혹시 나입니까, 사또?"

윤상일도 딱딱한 얼굴을 했다. 이응수가 한 걸음 물러났다.

"어사가 아니오, 나를 두고 한 말이오."

"백성들한테서 심하게 흠을 들춰내지 않을 터이니 마음 놓으시오, 사또. 내 돌아오면 기별 드리리다."

이응수가 그의 얼굴을 정면에서 바라보았다. 박순탁이 맞다, 박순탁이 아니다.

나를, 그리고 토린결을 옭아 넣으려는 조정의 첩자다.

아니다, 형님께 선을 놓아 달라고 아첨 떠는 세속적인 관리에 불과하다.

"원래 민정 시찰은 아무도 모르게 여기저기 둘러보는 게 아니오?"

"그렇지요."

"왜 수령인 내게 미리 알려주는 거요?"

"그러니까 내가 고맙지 않소?"

어사가 돌아보았다.

"내가 왜 이러는지 몰라요?"

"왜 이러는데요?"

눈길이 마주쳤다. 윤상일도 이응수도 말을 아꼈다. 암행어사 윤상일이 씩 웃었다.

"다 알면서 왜 이러시오?"

"대체 뭘 말이오? 어제도 그러시더니!"

"하하하."

"속 시원히 말해보시구려, 예? 어사어른?"

"내 입으로 그걸 말해야겠소? 자, 다녀오리다."

암행어사가 시찰을 떠났다. 에이잉, 주먹을 불끈 쥔 이응수가 동헌으로 돌아갔다.

"여봐라! 게 아무도 없느냐!"

"예!"

당장 누군가가 사또 앞으로 달려왔다. 이응수는 어사가 가는 곳이 어디며 무슨 말을 하고 돌아다니는지 알아내라고 명령했다.

시간이 지리하게 흘러갔다. 정오의 태양이 쨍쨍하다. 어사를 미행했던 첫 번째 첩자가 땀을 쏟으며 달려왔다.

"그래, 어사께서 어딜 행차하시더냐?"

"예, 사또! 김서방네 싸전(쌀집)이었습니다."

"뭣이! 김서방네 싸전? 대관절 거기를 왜?"

"모르겠사옵니다. 아는 집처럼 주저 없이 그리로 들어갔습니다요."

이거 우연이 아니잖아. 작정하고 그곳을 들이쳤단 말인가. 아무리 박순탁이라 하더라도 그 싸전을 알지는 못할 텐데.

"그래, 거기서 뭘 묻더냐?"

"이 고을 향리들이 개인적으로 쌀을 슬쩍하지 않느냐고 물었습니다요. 그러자 김서방은 당신 누군데 왜 그런 일을 캐고 다니느냐고 도리어 역정을 냈습니다요."

"그래서 어사가 순순히 물러났어?"

"예 사또. 자기도 경기도 여주에서 싸전을 해본 적이 있는데 수탈을 하도 많이 당해 물어본 것뿐이라고 말했습니다요. 그래도 김서방이 의심을 거두지 않자 '정말로 이곳 인심이 야박하군' 하면서 더는 묻지 않았습죠."

160

"그래. 김서방이 잘 처신하였구나."

이웅수가 안도의 한숨을 내쉬었다. 문득 첩자는 탁 소리가 나도록 박수를 쳤다.

"아 참, 다른 질문도 있었습니다요. 뭐 별로 중요한 것 같아 보이진 않았는데……."

"뭐냐? 뭘 더 묻더냐? 빠짐없이 얘기해 보거라."

"어사께서 김서방의 새장을 한참이나 쳐다보았는데 유독 비둘기 떼를 보고……."

이웅수의 입에서 신음소리가 새어나왔다. 다리에 힘이 풀리고 눈앞이 캄캄했다.

"잡아먹으려고 기르는 건지 팔려고 기르는 건지 알고 싶어 하셨습니다요."

"대답은?" 이웅수가 힘없이 물었다.

"김서방은 이렇게 말했습니다요. '당신 뭐야? 왜 자꾸 실없는 소리로 사람 일하는데 훼방을 놓아? 나가, 썩 못 나가?' 그러자 어사께선 더 이상 머물지 못하고 싸전을 나오셨습니다요."

"그 이후로는 김서방하고 전혀 얘기가 없었단 말이냐?"

"예. 김서방이 얼마나 불같이 성을 내는지 더 있고 싶어도 그러질 못했습니다요."

이웅수가 명주 수건을 꺼내 이마의 땀을 닦았다. 김서방의 싸전 뒤뜰에는 커다란 새장이 두 개 있는데 하나는 닭장이고 하나는 비둘기장이다. 평택에서 토린결 모임이 열리게 되면 동맹인들은 각자의 방식으로 미리 연락을 받는데 이 첩보전에선 훈련시킨 비둘기가 주로 이용된다. 김서방은 사또가 맡긴 비둘기가 암호편지 배달을 훈련받은 새인 줄은 알지만 토린결 모임까지는 알지 못한다. 어사는 대뜸 싸전부터 찾았고 약속이나 한 듯 비둘기를 언급했다. 이게 과연 우연일까, 우연이 아닐까.

이웅수가 귀찮은 듯 손짓하자 첩자는 절을 꾸벅 하고 물러갔다. 시간이 흘러 두 번째 첩자가 동헌으로 달려와 고했다.

"나리, 어사께서는 장터에 들르셨습니다."

"특별히 찾으시는 곳이라도 있던가?"

"주로 책방에 들어가 시간을 보내셨습니다."

"이상한 사람이로군. 책방에선 뭘 캤는데?"

"주인을 불러 여기에 내놓은 것 말고 몰래 파는 책은 없냐고 물었습니다."

"그래서?"

"없다고 말했습지요. 그런데 어사가 주머니에서 돈을 꺼내 던졌다 받았다 하니까 음란한 그림이 그려진 책을 내놓는 책방주인들이 꽤 있었습니다요."

"저런 몹쓸 놈들. 그렇게 낯선 자를 조심하라 교육을 시켰건만……."

"그런데 어사께서는 다른 소리를 하셨습니다."

"무슨 소릴?"

"이런 책 말고 이단으로 금하는 사학(邪學) 서적이 없냐고요."

"뭐라고! 사학 서적? 어사가 대놓고 그렇게 말하더란 말이지?"

"사또! 고정하시옵소서!"

"그래서? 그래서 감히 사학 서적을 내놓는 놈이 있더냐?"

땀을 닦는 이응수의 손이 떨렸다. 명주 수건은 젖을 대로 젖어 있었다. 섭주 저잣거리 책방에서 《귀경잡록》이라도 발견되면 그는 수령으로서의 책임을 다하지 못했다고 크게 문책당할 것이다. 그러다 보면 자신의 행적이 들통나지 않으리라는 보장도 없다.

"대답하라! 사학 서적을 내놓는 놈이 있었느냐?"

"무슨 말씀을요! 책방 주인들은 하나같이 이렇게 소리친 걸요. '썩 나가! 그렇지 않으면 관가에 고발한다, 이 천주쟁이야!' 하고요."

"어사는 이번에도 순순히 물러났겠군……."

"맞습니다요. '난 천주학 서적을 얘기한 게 아닌데……' 하면서 물러났습지요."

우연이 아니다. 이건 절대 우연이 아니야. 이 모든 게 내 귀에 들어가게 하려는 의도적인 수작이야!

"혹시 미행을 들키진 않았더냐?"

"안 들켰습니다요."

"어사는 지금 어디로 가셨느냐?"

"정말로 괴이했습니다. 왜 그분이 그런 곳을 찾았는지 모르겠습니다요. 혹시 아는 사람이라도 거기 있는 건지…….'"

"구구한 소리 그만하고 어디로 갔는지나 말하라!"

"공동묘지입니다요."

어제부터 받아온 충격이 조총이나 화살 정도라면 이번은 대포에 버금가는 충격이었다. 수염을 부르르 떨며 이응수는 고함을 쳤다.

"네 이놈! 다시 말해 보거라! 시방 공동묘지라고 했느냐!"

"그렇습니다요, 나리!"

"그자가 공동묘지에서 뭘 했는데!"

"소, 소인이야 아무것도 모르지요! 거기는 이포졸 님이 감시하고 있으니까요!"

박순탁이다! 놈이 틀림없다!

뒤바뀐 탈을 가져간 놈이 자기라는 걸 알리기 위해 특별한 장소만 골라서 가는 것이다. 이응수는 차가운 돌바닥에 털썩 주저

앉았다. 신비의 책《귀경잡록》의 일부가 기억 속에 떠올랐다. 그것은 박순탁이 공부를 집중하던 장이었다.

⁂

귀경잡록(鬼境雜錄)
제 32장 존비불이기사(尊卑不異起死) 편
지체가 높아도 혹은 근본이 천해도
죽음에서 일어나기란 똑같다

북두칠성 한가운데인 문곡성(文曲星) 인근에는 이마에 뿔이 달리고 생김새가 거북과 닮은 원린자(遠麟者) 종족이 있다. 통칭 귀갑자(龜鉀者)로 불리우는 이들은 성격이 모질고 욕심이 많아 이웃한 별을 침범하고 노략질하기를 즐긴다.

임전에 있어 이들의 병법이 참으로 기이한 바 있으니, 바로 죽은 시신을 무기로 쓰는 방법이다. 이들은 적병의 시신을 한 명 남김없이 수습하고 포로도 일부러 죽인 뒤 시신으로서만 거두어들인다. 아군이 큰 부상을 당해도 일부러 죽여 시신으로 만든다.

귀갑자들에게는 죽은 자들을 되살리는 특별한 비법이 있는데 제사와 집단가무를 거쳐 주술을 외우면 혼백이 빠져나간 시신은 피와 숨을 회복해 깨어나고, 이 되살아난 자들은 의지로운 나(我)를 잃고 복종하는 남(他)이 되어 이웃별을 침략하기 위한 군사가 된다. 이는 결코 가볍게 볼 수 없는 무적의 강군이다.

오직 살려준 자의 명령만 따르는 시신 군사들은 이미 죽었던 몸이기에 육신의 아픔을 모르며 희로애락과 두려움까지 잊어버려 난공불락의 성채, 금성철벽의 요새에도 거리낌 없이 돌진해 임무를 완수한다. 창칼과 활, 심지어 조총으로도 그들을 죽일 수 없다. 대포로 몸을 바수거나 몸에 불을 질러 재가 될 때까지 태워야만 죽일 수 있다.

얼마 전에 이 비법을 아는 조상준이란 자가 경기도 양평 땅에 나타나 죽은 이를 살려내어 물의를 일으켰다. 그는 관헌에게 사로잡혀 숨이 끊어질 때까지 비법의 정체를 숨겼다. 조상준이 되살려낸 시신은 저잣거리를 활보하며 살인을 일삼다가 성난 백성들에게 붙잡혀 불에 태워졌다.

내가 듣기로는 세상 어딘가에 귀갑자의 요술을 배운 인간이 아직도 여럿 있다고 한다. 그러나 의식의 절차가 복잡하고 주술의 정확함이 까다롭기 그지없어 비법의 진수까지 통달한 이는 없는 듯하다. 만약 이 신비의 요술을 득도하는 자가 나타난다면 그는 군자금과 통솔력이 없이도 지상최강의 군사를 손아귀에 넣은 것과 같다. 꾀를 안 부리고, 겁을 내지 않고, 탈영은 꿈도 꾸지 않으며, 어떤 명령에도 그대로 따르는 수천만 군졸을 생각해 보라.

되살아난 자들은 양반상놈(尊卑)을 따지지 않고 되살려준 자의 노비가 될 뿐이어서 주인의 마음먹기에 따라 세상이 시끄러워지고 나라가 흔들릴 것인 바, 귀갑자의 사악한 요술을 아는 자를 발본색원하여 대를 이어 전수하지 않게 싹을 잘라버린다면 세상이 고요해질 것이다.

一

경기도 사람 조상준은 용문산에서 귀갑자를 직접 만난 사람이다. 약초를 캐러 산에 올랐던 조상준이 비가 오는 하늘에 이상한 빛이 퍼져나가는 것을 보고 가까이 가 보니 부러진 나무 그루터기에 이마에 뿔이 달리고 거북이를 닮은 괴수가 피를 흘리고 있었다. 조상준은 기절초풍해 도망치려 했으나 괴수가 사람의 음성으로 도와달라 애원하자 호기심이 발동해 걸음을 돌렸다.

나중에 포도청이 압수한 조상준의 비망록에 따르면, 괴수는 곰과 싸우다가 부상당한 상태로 발견되었고 죽어가고 있었다 한다. 도망노비의 아들로 태어나 학문을 닦지 못했던 조상준은 무서운 형상을 했음에도 낯선 괴수가 말로만 듣던 산신령일지 모른다고 생각했다. 그런 연유로 괴수의 몸을 내리누른 곰의 다리를 치워주고 산두릅을 먹인 후 상처에 약초를 발라 주었던 것이다.

그러나 괴수가 당한 부상은 극심하여 죽음을 면할 길이 없었다. 숨이 끊어지기 전 괴수는 조상준에게 보은의 선물을 주겠다 했으니 바로 죽은 자를 되살리는 귀갑자의 비법이었다. 조상준은 이를 믿지 않았으나 죽었던 곰이 다시 일어나는 광경을 직접 보고 나서는 믿지 않을 도리가 없었다.

이후 조상준이 귀갑자의 시신을 어떻게 처리했는지, 되살아난 곰이 어찌 되었는지는 비망록에 전해지지 않는다. 그러나 양평 관아의 업무일지 중에는 조상준이 비망록에 언급한 날짜와 비슷한 시기에 커다란 곰이 산촌마을을 습격했다는 기록이 있다. 괴성을 지르지도 않고 굳은 몸으로 비척비척 걸으며 사람을 뜯어죽이고 초가집을 부수던 곰이 사냥꾼들의 화살 78발을 맞고도 끄떡없었다던 이야기는 단순한 야담으로 보기에 몹시도 석연찮다.

천출인 조상준은 세상일에 어두웠으나 글을 쓸 줄 알았다. 그는 영리하였다. 원린자와의 만남을 암시한 비망록을 남겼음에도, 주문의 비결을 종이에 남길 만큼 바보가 아니었다. 아울러 복잡한 주문을 토씨 하나 틀리지 않게 외울 만큼 총명한 면도 있었던 것으로 보인다. 아마도 영험한 능력을 혼자서만 차지하고 싶어 했거나, 비밀이 새어나가 못된 자에게 악용될 것을 우려했던 듯하다. 그만큼 그의 주된 심성은 어리석음 아니면 선량함일 것이다.

만약 그에게 야심이 있었다면 천하무적의 시신 군대를 만들어 세상을 뒤바꾸어버릴 수도 있었을 것이다. 하지만 그 뒤의 행적을 살펴보면 조상준이 어리석다는 내 추측은 그럴싸한 근거를 얻고 있다. 신비의 요술을 얻고도 대업을 이루는 데 쓰지 못함은 물론, 사소한 쾌락을 좇다가 비참한 죽음을 맞고야 만 조상준은 결국 그릇이 작고 머리도 좋지 않은 사내였다.

二

마흔일곱의 나이임에도 조상준은 홀아비였다. 이웃에 덕이 어멈이란 과부가 살고 있었는데 그녀의 죽은 남편은 한때 양평 관아에서 아전을 지냈다. 조상준은 그 여인을 흠모하여 여러 차례 구애하였으나 신분 차이가 엄격하여 뜻을 이루지 못하였다.

어느 날, 과부의 아들 덕이가 멧돼지에게 쫓겨 낭떠러지에서 떨어지는 바람에 바위에 머리가 깨져 죽고 말았다. 오후에 사람들이 시신을 수습해 왔고 과부는 충격을 받아 쓰러졌다. 처음에 남편을, 다음에 삼대독자를 잃은 과부의 슬픔은 하늘이 무너질 만큼 컸다. 그녀는 아들을 장사지낼 생각도 하지 않은 채 시신을 작은 방에 눕혀 두고 식음을 전폐했다.

깊은 밤 난데없이 조상준이 과부 앞에 나타났다. 섬뜩한 얼굴을 한 조상준은 만약 아들을 살릴 수 있다면 자신의 색시가 되어줄 수 있냐고 채근했고, 이에 기가 막힌 과부는 험한 욕설과 함께 그를 쫓아냈다. 무더운 날씨에 시신은 갈수록 악취를 풍겼지만 과부는 여전히 아들을 매장하지 않고 붙들고 울기만 했다. 동네 사람들이 불쌍한 덕이 어멈 대신 미친년이라는 호칭을 쓰기 시작해도 그녀는 죽은 아들에게 아무런 조치도 취하지 않았다.

그날 밤 조상준은 술에 만취해 또 과부를 찾았다. 공포에 질린 과부는 부엌칼을 들고 아들의 시신 앞을 막아섰다. 조상준은 하늘에서 '쓰임의 물(用水)'이 퍼붓는 날에 덕이를 살려낼 테니 그때는 자신과 부부의 연을 맺어야 한다며 소리를 지르고 돌아갔다.

이튿날부터 장마가 시작되어 억수 같은 비가 쏟아졌다. 성난 고함 같은 벼락에 엄청난 바람이 몰아쳐 사람들이 하늘 보기를 겁냈다. 깜깜한 밤에도 장대비는 멈추지 않았다. 여전히 아들을 잃은 슬픔에서 헤어나지 못하는 과부의 귀에 천둥을 뚫고 어떤 소리가 들려왔다. 잠꼬대 같기도 하고 독경 같기도 한 그 중얼거림은 듣기만 해도 소름이 끼쳤다.

불안을 견디다 못한 그녀가 나가 보니 마당에 누군가 피운 모닥불이 타오르고 있었다. 쏟아지는 빗물도 파란색으로 일렁이는 불을 잡지 못해 과부는 더욱 겁에 질렸다. 끊임없이 들려오는 중얼거림의 주인공은 자신에게 집요하게 따라붙던 약초 장사 같았다. 마치 그 중얼거림에 신비한 기운이 있어 내리는 빗물도 불길에 힘을 미치지 못하는 것처럼 보였다.

바로 그때 덕이가 누워 있는 방문이 벌컥 열렸다. 번개가 잇따라 치고 빗물이 방으로 몰아쳤다. 과부는 피가 묻은 덕이의 팔이 문지방을 짚고 움직거리는 믿지 못할 광경을 보았다. 중얼거리는 주문이 더욱 다급해졌다. 시신이 벌떡 일어서더니 얼굴을 덮은 삼베를 찢어 버렸는데 그 안에서 나온 건 이미 상당히 썩어들어간 덕이의 무표정한 얼굴이었다. 과부는 경악을 금치 못했다.

조상준이 모골이 송연한 얼굴로 나타나 약속대로 내가 너의 아들을 살렸다고 소리치자, 그 순간 고을의 모든 개와 고양이가 일제히 짖어대고 울부짖었다. 극도로 겁에 질린 과부는 저도 모르게 조상준의 품으로 안기고 말았다. 죽음에서 깨어난 덕이는 멍한 시선으로 하늘을 올려다볼 뿐 평소 효도를 다하던 어머니는 쳐다보지도 않았다.

三

날이 개었고 햇볕이 쨍쨍했다. 과부는 아들을 작은 방에 숨긴 채 몸을 닦아 주고 갖은 음식을 만들어 바쳤다. 덕이는 아무것도 먹지 않았고 아무 말도 하지 않은 채 오로지 하늘을 가로막은 천장만 바라보았다. 심지어 잠도 자지 않았는데 오로지 조상준이 시키는 명령만을 따를 뿐이었다.

조상준이 어머니한테서 돌아앉으라고 하면 덕이는 벽에 얼굴을 처박은 채 과부가 아무리 불러도 돌아보지 않았다. 이런 방법을 이용해 조상준은 과부의 집을 제집처럼 드나들면서 그녀와 정을 통할 수 있었다. 조상준으로서는 바라고 바라던 기쁨이었다.

얼마 후, 기이한 일이 시작되었다.

참새들이 덕이가 있는 방 앞을 빙빙 돌며 귀가 찢어지도록 우짖는가 하면 산짐승들도 산에서 내려와 덕이가 있는 방 앞에서 으르렁거렸다. 말은 먼 거리에서도 발광을 하여 타고 있던 사람을 떨어트렸고 고양이는 꼬리를 빳빳이 세운 채 이빨을 드러냈다. 오직 쥐들만이 거리낌없이 방안으로 침입했는데 다시 바깥으로 나온 놈은 단 한 마리도 없었다.

덕이 어멈이 귀신에 씌었다는 소문이 서서히 고을을 돌았다.

훈장 선생은 덕이 어멈이 약초 캐는 천한 놈과 발가벗고 교접하는 걸 보았다고 했고, 또 밤나무집 이 서방은 얼마 전 절벽에서 떨어져 죽은 덕이가 들마루에 앉아 햇볕을 쬐고 있는 걸 보았다고 했다. 그는 입에 커다란 쥐를 물고 있던 덕이가 육신이 반쯤 썩긴 했지만 절대로 죽은 건 아니라고 말했다. 사람들이 말도 안 되는 소리 하지 말라고 항의하면 이 서방은 이렇게 물었다.

"그럼 덕이의 시신은 대체 어디 묻혀 있단 말인가?"

마을의 무당인 금녀보살은 조상준이 해괴한 술법에 빠져 무덤에 들어가야 할 육신에 사특한 짓을 저질렀다고 했다. 사람들이 그걸 어떻게 아느냐고 묻자 금녀보살은 산신령은 절대로 거짓말을 하지 않는다고 답했다.

그럴듯하긴 해도 하나같이 물증 없는 소문이고 보니 사람들은 어떤 식으로든 나설 수가 없었다. 좋지 않은 소문이 불어나는 가운데 온 고을이 조상준과 과부 모자를 주시하게 되었다.

조상준은 이런 사실을 모른 채 육체적 열락에 빠졌다. 그는 덕이 어멈에게 무리할 정도로 교접을 강요했고, 과부는 과부대로 이상하게 변한 아들과 홀로 지내는 게 불안하기도 하고 무섭기도 해서 조상준을 받아들였다. 서서히 육정이 생기고 그 짓에 더욱 몰입하다 보니 경계심은 느슨해졌다. 운우지정의 쾌락에서 헤어나질 못한 조상준은 덕이가 기거하는 작은 방의 문이 평소보다 더 자주 열린다는 사실도 몰랐다.

四

며칠 후의 새벽, 마을 길목에서 살인사건이 발생했다. 천하대장군 장승 앞에서 아들의 문둥병을 낫게 해달라고 기원하던 노인이 누군가에 의해 목이 부러져 죽었다. 노인의 목에는 열 손가락이 생생히 찍혀 있었고, 팔은 등 뒤로 지나치게 꺾여 어깻죽지에서 뼈다귀 일부가 튀어나와 있었다.

소식을 접한 조상준은 덕이를 찾았으나 방이 텅 비어 있음을 알게 되었다. 그는 무서움에 몸을 떨었다. 남의 눈에 띄면 안 된다고 했음에도, 이제 자신의 명령조차 먹혀들지 않음을 깨닫게 된 것이다.

살인사건을 목격했다는 신고가 관아에 접수되었다. 새벽장사를 나가던 생선장수가 흉악한 괴한이 노인을 죽이는 광경을 목격했다고 제보한 것이다. 신고를 받은 신관사또는 머리가 아파 이마를 눌렀다. 생선장수가 말하길, 노인의 목을 잡고 허수아비처럼 들어 올려 죽인 자는 얼마 전에 절벽에서 떨어진 과수댁의 아들이라고 했기 때문이다.

"죽은 자가 어떻게 살인을 할 수 있단 말이냐?"

사또의 말 한마디에 생선장수가 도리어 혐의를 뒤집어써 옥에 갇힐 위기에 놓였다. 밤나무집 이 서방이 참다못해 동헌으로 달려가 자기도 덕이를 보았다고 증언했다. 신관사또가 탐관오리가 아님을 아는 백성들은 너도나도 달려가 덕이가 죽지 않고 살아 있다고 증언했다. 사또는 여러 사람이 비슷한 얘기를 하자 이를 무척 기이하게 여겼다.

그러자 이번에는 약초장수 조상준을 둘러싼 소문이 득달같이 사또에게 보고되었다. 그중에는 조상준이 이상한 술법을 써서 덕이를 살려 냈다는 제보도 있었다. 사태가 이러하다 보니 사또도 더 이상 넘어갈 수는 없었다. 즉시 나졸을 풀어 조상준과 과부를 체포해 왔다.

붙잡혀 올 당시, 조상준은 이상한 말을 했다.

"사또! 며칠만 체포를 늦추어 주소서. 또 다른 살인이 일어날지 모르옵니다!"

나는 아까 조상준의 주된 심성이 어리석음 아니면 선량함이라고 했다. 관아의 일지에 고스란히 남은 조상준의 행적을 보건대, 크기와 정도는 몰라도 그가 선량한 심성 또한 갖고 있었던 것은 명백하다. 그는 또 다른 살인을 막으려고 나름대로 힘을 다한 것이다. 아마도 귀갑자의 요술로 살려낸 시신이 명령을 따르지 않게 된 순간부터 조상준은 이 같은 살인을 예감했을 터이다. 왜냐하면 귀갑자라는 이게의 존재가 시신을 살리는 이유는 전쟁, 즉 누군가를 죽이기 위함인 까닭이다.

체포를 늦춰 달라는 조상준의 애원은 받아들여지지 않았다.

그러자 우려한 바대로 끔찍한 사건들이 잇따랐다. 물놀이 나왔던 아이 둘이 머리통이 깨져 죽고, 밭을 갈던 황소는 누군가의 이빨에 다리가 잘리고, 양평의 참사를 모르는 토산품 장수 하나는 들판에서 잠을 자다 손가락 같은 것에 가슴을 꿰뚫려 죽어 버렸다.

조상준은 나만이 덕이를 다룰 수 있으니 잠시만 풀어 달라고 애원했으나, 이 역시 받아들여지지 않았다. 오히려 의심만 사게 되어 여러 명이 죽은 살인사건에 관해 혹독한 심문을 받았다. 조상준은 살인사건의 범인은 덕이가 맞고, 죽어 있던 덕이를 요술로 살린 건 자신이라고 자백했다. 아울러 그걸 가르쳐 준 사람은 산에서 만난 도인이라고 말했다.

조상준은 대부분의 사실을 시인했지만 그가 터득한 환생의 비법만은 밝히지 않았다. 이 때문에 그는 곤장을 맞게 되었는데 원래부터 약골인데다가 과부에게 지나치게 정을 소모한 나머지 매를 얼마 견디지도 못하고 죽고 말았다.

사건을 해결하려다 도리어 실타래처럼 엉켜버린 상황에 신관사또는 크게 낙담했다. 과부가 남았다지만 사건 해결에 아무런 도움도 되지 않았다. 조상준 덕분에 아들이 살아났다는 것만 알 뿐 실제로 그녀는 아는 것이 없었다.

신관사또는 시체가 되살아났단 말을 믿을 순 없었지만 덕이의 용모파기를 저잣거리에 붙이고 백성들에게는 늦은 시간에 혼자 다니지 말 것을 지시했다.

며칠 후 양평의 오일장이 서는 날이었다.

사또가 수하들과 순시를 도는데, 사람들의 비명소리가 여기저기서 속출했다. 무슨 일인가 알아보려고 가마에서 내리려는 사또의 앞을 웬 청년 하나가 막아섰다. 청년은 온몸에서 지독한 악취를 풍겼고 얼굴의 절반이 이미 백골로 변한 상태였다. 누군가가 남은 얼굴 반쪽을 보고 과부의 아들 덕이라고 소리쳤다. 가마꾼들이 놀라 사또를 떨어트렸다. 덕이는 쓰러진 사또를 번쩍 들어 펄펄 끓는 사골국솥에 처박고 옆에 서 있던 나졸의 얼굴을 두 손으로 뭉개버렸다. 나졸들이 찌른 창에 몸 곳곳을 뚫렸지만 덕이는 끄떡도 하지 않았다. 사람들은 이같은 무서운 상황에 도망치기 바빴다.

덕이의 끔찍한 행패는 멈추지 않았다. 기물이 파손되고 사람들이 다쳐나갔다. 그중에는 어린 아이들과 노인들도 있었다. 그러자 도망가던 사람들이 용기를 내어 다시 장터로 돌아왔다. 죽은 사람들의 유가족도 소문을 듣고 달려왔다. 무서움은 증오로 바뀌었다. 그들이 손에 잡히는 무기를 들고 "이놈이 바로 그놈이다!", "죽여라!" 하고 소리치니 성난 기세가 하늘을 찌를 듯했다.

덕이는 몇몇을 죽였지만 홀로 그 많은 사람을 다 이겨낼 수는 없었다. 고을의 연쇄살인으로 흥분한 백성들은 찌르고 베어도 꿈쩍 않는 덕이를 마침내 큰 불에 넣어서 태워 죽였다. 온몸이 다 타들어가고 나서야 덕이는 움직임을 멈추었다.

五

나 탁정암은 우주의 별이 일렬로 정돈되던 날 신비초(神秘草)를 씹은 상태에서 귀갑자를 직접 본 적이 있다. 뿔 달린 거북처럼 흉악하게 생긴 그들은 피가 차갑고 사특하기 짝이 없는 작자들이다. 이들은 농사를 짓지 않고 가축을 먹이지도 않는다. 이들에게 사농공상은 없다. 오로지 남의 땅에 들어가 밟고 죽여 빼앗을 뿐이다. 상호교린이 없고 침략만이 있는 종족들이다.

그리고 그 침략에는 죽어 버린 육신이라는 사상 초유의 무기가 사용된다.

정(情)에 얽매이는 인간(人間)들만큼 죽은 이를 그리워하는 동물도 없을 것이다. 두 번 다시 못 볼 사람을 다시 볼 수 있다는 감언이설에 마음이 흔들리면 비록 이름 높은 선비라 할지라도 인간은 중심을 잡지 못한다.

귀갑자 같은 이계의 오랑캐는 바로 그 점을 노린다.

되살아난 곰과 덕이가 말과 글로 전해지고 있지만 죽은 귀갑자에 대해서는 어떠한 기록도 없다. 그러나 요사이에도 시신재생의 비법을 익힌 자는 여기저기서 출몰을 하고 있다. 경계하고 또 경계해야 한다.

인간들은 절대로 죽은 자를 살려서는 아니 된다.

낳고 죽는 일은 오로지 천지신명만이 할 수 있다.

천지신명의 업에 관여하는 것은 인간세상의 순리를 따르지 않음이니, 순리에 역행함은 스스로 세상을 아수라장으로 만들어 부모형제와 이웃에게 누를 끼치는 악행에 다름 아니다.

귀갑자의 요술은 절대로 인간에게 쓰여서는 아니 된다. 왜냐하면 되살아난 시신의 정신은 재회의 기쁨이 아닌, 전쟁의 의욕으로만 채워지기 때문이다. 귀갑자가 오랜 세월 동안 요술의 정련에 힘써온 까닭은 오로지 그릇된 목적의 달성에 있을 뿐이다.

아둔한 인간들이여. 아직도 모르겠는가.

귀갑자가 조상준에게 시신을 살리는 능력을 준 연유는 은혜를 갚기 위해서가 아니라 인간세상을 파멸로 몰아넣기 위함인 것을.

그자는 죽지 않았고 어디서 또 누군가에게 접근하여 거짓된 행동으로 요술을 전수할 것이다. 유혹이 있더라도 반드시 경계해야 한다. 땅속에 누워 있어야 할 것들이 흙을 밟고 돌아다니는 순간부터 질서는 깨어지고 조화는 파국이 될 것이다.

비록 삼봉(三峰, 정도전)이 무덤 속의 고운(孤雲, 최치원)을 불러내 개혁의 가르침을 들음이 아무리 유익하다 한들, 인간의 마음을 인간이 판단할 수는 없다. 그 판단은 오로지 천지신명만이 할 수 있다.

조선팔도 어디에서든 머리에 뿔이 달리고 거북이를 닮은 커다란 짐승을 만나면 수단방법을 가리지 말고 죽여야 한다. 이를 가벼이 듣고 구슬리는 말에 현혹되어 죽은 이를 되살린다면 크나큰 폐단이 되어 반드시 망하는 자가 있을 것이다.

《귀경잡록》의 기억에서 깨어난 이응수는 토린결 모임에서 박순탁과 싸웠던 일을 떠올렸다.

"거기 하회탈을 쓰고 계신 안경수 선생(역시 가명일 것이다)! 앞으로 선생은 모임에서 빠져 주시오! 선생의 검은 마음은 우주합일의 비밀이 아니라 환갑 나이에도 어린 처녀 열 명을 상대할 방중술 쪽으로만 기울고 있소!"

"뭐, 뭐라고? 네깐 놈이 나에 대해 무얼 알기로 그따위 망발을 지껄인단 말이냐!"

"음침한 언행으로 알 수 있소. 조화로운 음양을 거론하는 척하면서 초월적인 쾌락에 몸이 달대로 단 본심이 그 입으로 고스란히 드러나고 있잖소?"

"흥! 그러는 네 놈은 왜 무덤에서 시신을 일으키는 주술에만 집착하지? 장차 이 나라를 뒤집어엎기라도 하려는 속셈은 아니더냐?"

박순탁이 전념하던 금지된 학문은 죽은 이의 환생이었다. 그는 썩어빠지고 혼란스럽기만 한 시국을 성토하며, 홍익인간의 이념을 성취하고 보국안민의 세상을 만들기 위해서는 선현의 가르침만큼 좋은 공부가 없다고 소리를 높였다. 미천한 후학들보다 많은 것을 알고 있는 그들을 무덤에서 불러내는 행위는 삼강오륜에 어긋나는 행악이 아니며, 오히려 조선을 천하 으뜸의 나라로 만들기 위한 첩경이라고 설파했다.

'그가 토론에 임했던 자세로 봐서는 조정의 첩자 같지는 않던데.'

이응수는 고개를 갸웃거렸다.

싸움이 붙었을 당시 먼저 덤빈 사람은 박순탁이었다. 안경수(이응수)의 관심사를 탐탁치 않아하던 그가 화를 참지 못했기 때문이었다. 박순탁은 게으름과 탐욕 그리고 정욕을 경계했다. 반면 안경수를 비롯한 몇몇 동인이 토린결에 가담한 이유는 나이를 먹을수록 사라져 가는 욕망과 그에 대한 실현력을 우주의 약초로서 되찾고자 함이었다. 어떤 원린자의 물질은 인간의 오감을 극도로 향상시켜 닿을 듯 닿을 듯 아쉽던 정욕을 꿈결처럼 실현시키는 게 가능하다고 전해졌고, 호색한 중의 호색한 이응수는 바로 이 때문에 목숨을 걸고 토린결에 가입한 것이다.

사실 무덤에서 시신을 일으키는 실험은 박순탁보다 이응수가 선배일지도 모른다. 15년 전 이씨 집안이 패가망신할 뻔한 이유는 바로 이응수가 죽은 하녀를 살리기 위해 미치도록《귀경잡록》에 빠져버린 데 있었다. 이응수보다 다섯 살이 많은 삼월이라는 하녀는 마치 기녀처럼 늘씬하고 미색이 돋보인 처자였다. 그녀는 돈을 벌기 위해 이응수를 표적으로 삼고 분장을 하고 이씨 집안의 몸종으로 들어왔다.

책방 도령인 이응수를 바깥으로 꾀어낸 그녀는 서서히 본모습을 드러내면서 유혹을 시작했다. 그것은 일반적인 유혹과는 좀 달랐는데, 비정상적이고 도착적인 쾌락으로 가득한 색녀의 몸짓이었다. 끈을 사용해 묶고, 양반 상민이 뒤바뀌어 때리고 맞고 꼬집다가 또 다시 뒤얽히는, 난생처음 겪는 변태적 욕망에 이응수는 삼월이의 노예가 되어 버렸다. 원래 삼남지방 소리꾼의 아내였던 삼월이는 전국을 돌아다니며 원하는 대로 남자를 다루는 능력을 익힌 여자였다. 순진한 이응수는 사서삼경에 고개를 처박고 중용을 찾으려 했으나, 책만 펴면 그녀의 벗은 몸이 나타나 정신을 차릴 수가 없었다. 이응수는 발정난 개처럼 삼월이의 몸을 탐하느라 공부는 뒷전이었고 그녀에게 돈을 갖다 바치느라 어머니의 방에서 패물까지 훔쳤다.

그러던 어느 날 냇가에 물을 길러 간 삼월이가 독사에게 물리고 말았다. 도와줄 사람 없이 방치된 삼월이는 독이 온몸에 퍼져 시퍼렇게 변해 죽고 말았다.

근본도 모르는 천한 것의 사고사였기에 이씨 집안은 종의 죽음을 사소한 일로 여겼다. 장례도 없었다. 그러나 이웅수는 하늘이 무너지는 충격을 받았다. 멍한 정신으로 아무것도 할 수 없었고 아무 생각도 할 수 없었다. 아직도 손만 뻗치면 그녀의 살결이 만져질 것 같았지만 어디에도 삼월이는 없었다.

단 한시도 그녀 없는 허전함을 견딜 수가 없었다. 기방을 전전하며 다른 여자들을 구해 보기도 했지만 삼월이처럼 비뚤어진 욕망을 채워줄 수 있는 이는 아무도 없었다. 오히려 이웅수의 이상한 요구에 겁을 먹고 도망치기 일쑤였다.

그때 이웅수는《귀경잡록》을 알게 되었다. 죽은 여자에게 눈이 멀어 한량 친구들이 장난삼아 보여준 금서의 내용을 고스란히 믿게 된 이웅수는 삼월이를 되찾기 위해 귀갑자라는 이계 인간을 수소문하기 시작했고 이같은 일이 바깥으로 새어나가 포도청의 수사대상이 된 것이었다. 눈먼 욕망과 앞뒤 분간 없는 경솔함이 집안에 평지풍파를 일으켰다. 나라에서 금하는 책을, 그것도 양반사대부가 소유하고 있음은 그 자체로 중벌 감이었다. 관헌들이 몰려와 아버지를 체포하고 옥에 가두었다. 벼슬은 떨어지고 어머니는 몸져누웠다. (사실 이같은 난리는 벼슬아치인 아버지를 향한 정치적인 공세였기 때문에 더욱 가혹했던 것이다. 《귀경잡록》과 이웅수는 표면적인 구실에 불과했다.)

가문이 망하기 직전, 머리가 좋은 가형 이웅방과 작은아버지 이치운이 있는 연줄 없는 연줄을 동원하고 막대한 뒷돈을 마련해 간신히 집안이 살아났다. 죄 없는 노비 하나를 단독범으로 만들어 이웅수를 금서와 연관 없게 만들어 버렸다.

이 일로 인해 이웅수는 평생 동안 집안의 문제아로 낙인찍혔다. 기껏 죽은 노비년을 살리려고 집안을 풍비박산으로 만들다니. 사람들은 그를 보기만 하면 손가락질을 해댔다. 강제로 경남의 사찰에 보내져 바깥출입을 금지당한 채 글공부만 해야 했고, 아버지의 안전을 위해 원수의 조카와 원치 않는 혼인도 해야 했다. 설상가상으로 관리가 될 때까지 부부관계조차 금지당했다.

불철주야 공부에 매진해 벼슬자리를 얻었음에도 가족들의 노여움은 가라앉지 않았다. 41세가 되었지만 그는 아직도 철없는 놈이었고 믿지 못할 어린 애에 불과했다. 사람들은 영원히 그를 믿지 않았다. 그리고 그들의 불신은 정확했다.

이웅수는 삼월이를 잊는 데 성공했으나 그림자처럼 달라붙은 비뚤어진 욕망마저 잊은 건 아니었다. 잠시 수면 아래 잠수를 하고 있었을 뿐이었다. 소년 시절에 《귀경잡록》을 소개했던 친구 장평익이 이번에는 토린결이라는 모임에 대해 귀띔해 주었다. 거기 가담하면 얻을 수 있다는 파군성(破軍星, 구성 가운데 일곱 번째 별)의 약초는 이웅수의 흥미를 끌었다.

한 번 먹기만 하면 극치의 쾌락을 맛볼 수 있다는 우주의 약초. 처녀 열 명을 상대할 수도 있고, 아무리 힘을 쏟아도 지치지 않는다는 신비의 약초.

이 약초가 바로 조선 어딘가에서 은밀히 돌아다닌다는 것이다. 먹어본 사람들의 경험담이 꼬리에 꼬리를 물었다. 긴 고민 끝에 이웅수는 다시 한 번 철없던 시절로 돌아갔다. 탈을 쓰고 정체도 모를 14명과 함께 불로장생과 우주의 방중술을 연구하기 시작했다. 그리고 욕망의 약초를 향한 노골적인 소유욕으로 박순탁과 멱살을 잡고 싸웠던 것이다…….

이웅수는 상념에서 깨어났다.

정말 암행어사 윤상일이 박순탁이 맞는 걸까?

마치 답을 알려 주기라도 하듯 세 번째 첩자 이 포졸이 돌아왔다.

"왔느냐? 어사가 공동묘지에 갔다면서?"

"그러하옵니다, 사또."

"그자가 대관절 거기서 뭘 하더냐?"

"김도정의 묘를 살폈습니다."

"김도정이 누구지?"

"이 지방에서 한때 유명한 의생(醫生)이었습니다."

"유명하다고? 그런데 나는 왜 몰랐지?"

"사또께서 부임하시기 전에 흉악범으로 몰려 망나니 칼에 목이 잘렸습지요."

"무슨 죄를 저질렀는데?"

"산 사람을 해부했습니다."

"뭐? 산 사람을? 그런 미친놈이 다 있나?"

"돌림병의 원인을 밝힌다고 그렇게 한 모양입니다."

"아니, 그런 죄인을 왜 까마귀밥이 되게 뒷산에 안 버리고 공동묘지에 안치했어?"

"그의 공로가 어느 정도 참작이 된 것입지요. 옛날 섭주에 돌림병이 돌았을 때는 그 사람이 나서서 많은 백성을 살리기도 했습니다."

"실력이 있는 의생이었단 말인가?"

"예. 실력도 실력이지만 좋은 일도 꽤 했습니다. 흉년이 들었을 때는 사재를 털어 굶주린 백성들을 먹이기도 했습니다."

"그래?"

윤상일은 왜 그 김도정이란 놈 묘를 한참이나 관찰한 걸까?

내가 탐관오리라는 걸 스스로 인정하라는 건가?

아니면 《귀경잡록》의 시신 환생을 암시해 내가 안경수라는 걸 인정하라는 속셈인가?

그는 생각에 잠겼다.

'아무리 생각해도 놈은 일부러 김서방네 싸전과 책방에 들렀고 공동묘지까지 출입했어. 놈은 나를 서서히 압박하고 있다.'

놈은 혼자서 섭주로 왔을까, 아니면 수하들을 어딘가 숨겨 놓았을까.

이응수가 수염을 쓰다듬었다.

'만약 혼자라면…… 쥐도 새도 모르게 죽여 버리는 건 어떨까.

이응수는 처음으로 죽여서 입을 막는다는 생각을 해보았다. 그렇게 하면 피를 말리는 불안에서 벗어날 수 있다는 듯이.

7

해질녘이 되어 암행어사가 돌아왔다. 윤상일이 박순탁이라는 믿음은 점점 확신에 가까웠다. 이미 토린결의 일원 하나가 잡혀 간 마당에 그가 섭주에 온 목적은 중요하지 않았다. 이응수로서는 자신이 비밀단체와 연관될 만한 어떤 허점도 남기지 않는 게 중요했다.

무조건 잡아떼고 보는 거야. 어차피 토린결에 남긴 증거는 아무것도 없고, 놈이 박순탁이라서 내 얼굴을 안다 해도 아니라고 우기면 어찌할 것인가. 증거가 없는데.

"그래, 고을 인심이 어떻습디까?"

산해진미로 저녁 주안상을 갖추어 놓은 이응수가 윤상일에게 물었다. 사랑채에는 그들 두 사람밖에 없었다. 이응수는 장단을 맞춰줄 육방도, 흥을 돋울 기생조차도 들어오지 못하게 했다.

"과연 명판관이 다스리는 훌륭한 고장이더이다."

"살펴보시는데 불편한 점은 없으셨소?"

"누가 날 따라오는 것 같았지만 위험한 일은 벌어지지 않았소이다."

이응수의 얼굴이 굳어졌다. 윤상일이 술병을 들어 무릎까지 꿇은 뒤 한 잔을 권했다.

"제가 올릴 테니 잔을 비우시지요, 사또."

"왜 이러십니까? 자세를 바로 하세요." 이응수가 깜짝 놀랐다.

"아니올시다, 사또. 부탁을 드려야 할 사람이 이 정도 예의를 갖추는 거야 당연하지요."

"부탁이라니요?"

이응수가 멈칫거렸다.

"몰라서 물으십니까?"

'또 그 소리요!' 하려다가 그는 말을 바꾸었다.

"내가 이응방 대감의 동생이라서 그런 거요?"

"하하하하. 역시나! 자, 한 잔 받으십시오."

이응수는 못 미더운 심정으로 윤상일이 주는 술을 받아 쭉 들이켰다.

"어사께서도 한 잔 받으시오."

"예."

"계속 그렇게 무릎을 꿇고 계신다면 술을 따르지 않겠소."

"알겠습니다."

윤상일은 책상다리로 앉은 뒤 이응수가 따라주는 술을 받았다.

"사또가 다스리시는 섭주는 합격이오. 뭘 발견하려야 발견할 게 있어야지요. 모레쯤 제가 올라가면 잘 말씀드리겠소이다."

"벌써 올라가시려고?"

"빨리 사라져 드릴수록 좋지 않습니까?"

"무슨 감사를 하루이틀만 하고 치운단 말이요? 기본이 네댓 새인데."

"하하하, 사또를 위해서 그러는 것인데요."

"지금은 웃지만 조정에 올라가면 무슨 소릴 하시려고?"

두 사람의 시선이 맞부딪쳤다. 윤상일이 술을 비우고 말했다.

"어째 제게 못 미더운 구석이라도 있는 것처럼 말씀하시는 구려."

"제 발이 저리는 것처럼 보이는 분은 어사가 아니시오?"

"혹시 저한테 숨기는 거라도 있으십니까?"

"그러는 어사께서는?"

"없소이다."

"그럼 왜 그리도 빨리 돌아가려고 하오?"

"이응방 대감을 봐서지요."

"정말 그뿐이오?"

"예."

"누가 어사를 이리로 보냈소?"

"그건 왜 묻지요?"

"우리 형님께선 청렴결백한 선비로 소문이 자자하나 그만큼 적도 많기 때문이지요."

"암행어사로 아군이 아니라 적군이 올 줄 알았단 말인가요?"

"당연한 것 아니겠소?"

"형편에 따라 바뀌는 것이 군세이거늘 아군적군이 어디 있겠소이까?"

이응수의 머리에 김이 올랐다. 토린결에 대한 말은 일절 언급하지 않기로 맹세했지만 놈의 행티는 끝끝내 의문투성이다.

"오늘 어디를 갔다 오셨소?"

"싸전도 가고, 책방도 가고, 장터 여러 군데를 다녔지요."

"뭘 얘기하고 뭘 얻어들었는지 물어봐도 되겠소?"

"이 고을 범죄율이 왜 그리도 높고 검거율은 왜 또 그리 높은지 물어보았소이다."

윤상일도 잔을 내려놓았다. 더 이상 웃음기는 보이지 않았다.

"이곳 옥사에 가보니 외지인의 짐을 털어 들어온 범인은 하나도 없었소이다. 전부 이웃과 시비가 붙거나 남의 농작물에 손을 댄 단순 절도범뿐이오. 옥사의 장부를 뒤져봐도 외지인의 물건에 손을 대어 잡힌 강도의 명부는 찾아볼 수 없었소. 강력범죄가 그만큼이나 벌어져도 증명해줄 기록은 전혀 없다는 거요."

"어사 말씀대로 피해자가 외지인이기 때문이오. 좋은 게 좋은 거요. 제아무리 높은 검거율을 자랑한들 그 앞의 범죄율과 숫자가 똑같다면 어느 누가 이 고을을 좋게 보겠소?"

"그래서 범인을 기록에 남기지 않았다? 그렇다면 위에 보고를 하지 않음은 물론 스스로의 결정으로 풀어준 것이 아니오?"

"매질을 하고 쫓아 보냈지요. 고을 수령에게는 자치 권력이 있단 사실을 모르시오?"

"자력의 남용은 아닌가요?"

"섭주는 경상도의 주요 길목이라 악명 높은 산적 떼가 많다오. 패거리가 많은 놈들을 잘못 건드리면 백성들이 더 큰 고생을 하게 되오. 조정에 계신 어사께서 시골구석의 실상을 어찌 아신다고 그런 식으로 말씀하시는 게요?"

"훔치면 바로 잡고 또 바로 놔주고 또 훔치고……. 그놈들은 사또를 겁내지 않는 것 같소이다?"

"내가 놈들과 결탁해 일부러 그러기라도 했다는 거요?"

"뭔가 외지인으로부터 숨겨야 할 사실이 있다면 그럴 수도 있겠지요."

"그러는 어사께선 하루이틀 만에 이곳 사정을 속속들이 아시는구려. 몰래 여기에 사람이라도 심어놓았나."

"내 암행으로 이곳을 유심히 관찰한 건 사실이오. 달포 전에 여기서 봇짐을 털린 방물장수하고 여드레 전에 짐을 털린 토산품 장수는 내가 보낸 사람이 맞소이다. 그들은 덩치가 황소처럼 큰 산적에게 짐을 빼앗겼다고 똑같이 증언하고 있어요. 만약 그

도적이 같은 놈이라면 사또의 말대로 태형을 당하고도 또 다시 도적질을 했다는 말 아니겠소?"

"법대로 하는 게 더 나쁠 수도 있소. 패거리가 많은 산적들을 몰라서 하는 소리요."

"더 큰 범죄를 예방하기 위함이다?"

"그렇소."

"암행어사를 경계한 게 아니고? 그래서 짐을 훔쳐 뒤진 게 아니오?"

"허, 내가 그럴 이유가 무어 있단 말이오?"

"토린결 동맹이란 게 탄로 나면 안 되니까." 윤상일이 낮게 말했다.

이웅수가 술잔을 떨어트렸다. 보이지 않는 번개가 목덜미를 내리쳤다.

이 자식, 역시 알고 있었구나!

이웅수는 긴장을 보이지 않으려 배에 힘을 꽉 주었다.

"대관절 그게 무슨 소리요?"

그러자 윤상일이 더 낮은 목소리로 말했다.

"나 박순탁이오. 안경수 대감."

"뭐요? 안경수? 왜 날더러 그렇게 부르는 거요?"

"이러지 마십시오. 알면서 왜 이럽니까? 사또도 나도 나라의 녹을 먹는 몸이지만 지상의 유학보다는 우주의 지혜에 관심이 있질 않소이까?"

"대체 무슨 망령된 소릴 하시는지 모르겠소!"

"서로의 탈이 떨어져 얼굴까지 봐놓고 왜 이렇게 모르쇠로 일관하시오?"

"탈? 기가 막혀 말이 안 나오는군. 젊으신 어사께서 정신이 좋지 않으신 모양이오."

윤상일이 웃었다.

"내가 사또를 옭아맬까 봐 잡아떼기로 한 거요? 나도 사또와 한 패니 안심하셔도 좋소이다. 단지 난……."

"그만하시오! 더는 이따위 소리를 들을 수 없소!"

이웅수가 주먹으로 주안상을 내리쳤다. 옥도자기 술병이 깨졌다. 윤상일이 당황한 표정을 짓자 이웅수는 약간 자신감을 얻었다. 윤상일이 빠르게 말했다.

"내 낳아 주신 부모님을 걸고 맹세하지만 사또를 해꼬지하려고 이러는 게 아니오. 사실 감찰 따위는 할 필요도 없소. 있잖소, 사또……. 나는 탈만 찾으면 되오. 그걸 돌려받으려고 여길 온 거요."

"닥치시오!"

이웅수가 고함쳤다. 윤상일은 더 이상 말하지 못하고 입을 다

물었다.

"범죄가 많든 검거가 없든 그대가 원하는 대로 보고하라! 그렇지만 토린결이라니, 그 귀경잡…… 입에 올리기도 불경스러운 책을 들여다보는 못된 무리들을 지칭함이 아니더냐! 감히 한 고을의 사또인 나를 그런 것들하고 엮어? 뭐? 나를 거기서 봤다고? 이놈! 너를 보낸 놈은 누구냐! 어떤 놈이 내 형님을 윗자리에서 떨어트리기 위해 이런 더러운 모함을 하느냐!"

이응수는 벌떡 일어나 병풍 뒤에 세워 놓았던 보검을 집었다. 칼집에서 칼을 뽑지는 않았지만 윤상일은 새파랗게 질렸다.

"진정하시오, 사또!"

"진정하게 됐느냐! 너의 행동 하나하나가 수상한데. 나야말로 너를 당장 조정에 보고해야겠다. 이놈! 네 입으로 네가 토린결의 일원이라 했겠다! 박순탁이라고 했느냐? 오냐, 간흉한 그 이름까지 기억하리라!"

이응수가 거칠게 나가자 윤상일의 태도가 변했다.

"나의 실수요, 사또! 모함이 아니오. 내 다시는 이야기를 꺼내지 않겠소이다. 제발 진정하세요."

"형님을 모함하는 것이 아니라면 네놈이야말로 조정의 고위 관직을 수락했으면서 이단의 무리에 물이 든 것이 아니더냐!"

"유도심문이었소! 사또를 시험해 본 것이외다! 내가 사람을

196

잘못 보았소! 사또는 절대 그럴 분이 아니외다."

"흥! 칼을 보았다고 겨우 말을 바꿔?"

"일단 앉읍시다. 드릴 말씀이 있소이다. 앉아서 얘기를 나누시지요."

윤상일이 거듭 말렸다. 이응수의 연극은 성공했다. 정체가 탄로 난 순간부터 뛰는 가슴을 진정시킬 수 없었지만 그는 침착하게 자리에 앉았다.

윤상일은 잠시 눈을 감고 있다가 결심한 듯 입을 열었다.

"제가 하는 말을 끝까지 잘 들어주시기 바랍니다. 저는 암행어사가 맞습니다. 그러면서 토린결의 일원이기도 하지요. 나라에서 금하는 단체에서 암약하는 건 다른 이유 때문이 아니외다. 죽은 선현의 지혜를 얻어 도탄에 빠진 백성들을 구하기 위해서입니다. 《귀경잡록》은 수수께끼가 많은 책이에요. 혼자서 구결의 진보(珍寶)를 터득하기엔 한계가 있소이다. 그리하여 그 책을 연구하는 단체 토린결에 가입하게 된 것인데, 그 모임은 언제 포도청에 잡혀갈지 모를 위험으로 가득하여 동맹인들은 탈로 얼굴을 가리고 이름도 가명을 쓴답니다. 저는 지금 안경수라는 사람을 찾고 있는데 그 사람이 내 탈을 가져갔기 때문이에요. 제가 아까 사또께 운을 띄어본 건 그 안경수가 섭주에서 현령을 하고 있다는 소식이 제 귀에 들어와서예요."

"뭐라고! 대관절 어떤 놈이 그따위 소릴 해?" 이응수가 수염을 부르르 떨었다.

"끝까지 들어보시라니까요. 동맹인은 15명인데, 북청사자탈을 쓴 낙안거사라는 사람이 모임의 좌장(座長)이에요. 우리가 실수한 건 그의 정체를 모른 채, 탈과 가짜 이름의 안전만 믿고 토론의 열기에 빠져버린 것이에요. 우리는 철저히 속았어요. 이 낙안거사라는 사람이 모임을 주최한 이유는 학문이 아닌 복수심 때문이었거든요. 이자의 정체는 원래 어느 유서 깊은 가문의 솔거노비였는데, 15년 전 그의 상전이 《귀경잡록》을 갖고 있다는 억울한 죄를 뒤집어씌워 사형을 받을 처지에 놓인 겁니다."

"받을 처지? 이미 사형당했을 텐데?"

이응수는 너무나도 놀란 나머지 입을 열고 말았다.

"아니오! 그자는 목숨을 걸고 철통같은 서린옥을 탈출했고, 그 후 깊은 산을 헤매며 숨어 지내다가 어떤 도인을 만나 학문과 차력술을 배우게 되오. 머리가 깨어나고 힘을 얻게 된 그는 사신이 당했던 과거를 떠올리고 치밀하게 복수의 칼날을 준비했지요. 죄를 뒤집어씌운 상전의 가문에, 더 나아가 지체 높은 양반들에게 복수할 목적으로 일부러 사대부들로만 구성된 모임 토린결을 만든 것이에요."

"그놈이 탈옥을 했다고?"

"그렇소."

윤상일의 얼굴에 보이지 않는 안정감이 배어났다. 반면 이웅수는 새파랗게 질렸다.

"도인에게 배운 사교술로 그가 제일 먼저 한 일이 뭔지 아시오? 바로 안경수의 절친한 벗에게 접근한 거요. 안경수를 끌어넣기 위해서 말이오. 15년 전 그를 모함해 억울하게 옥살이를 시킨 사람이 바로 안경수예요. 그것도 모르는 안경수는 언젠가 그랬지요. 자기가 토린결에 가입한 데는 소싯적부터《귀경잡록》을 보여준 절친한 벗의 공로가 컸다고요."

이럴 수가!

내가 들어간 곳이 호랑이 굴이었다니! 죽은 줄 알았던 마당쇠 놈이 살아 있었다니! 장평익 이 개자식! 파군성의 약초 운운하며 나를 끌어들이더니 결국 마당쇠의 농간에 넘어간 것이었단 말인가! 낙안거사라면 나도 잘 안다! 모임의 한가운데 앉아 재수 없는 북청사자탈 낯짝으로 언제나 나를 빤히 쳐다보던 그 놈이 아니었나!

이게 정말인가, 꾸며낸 이야기인가. 이웅수는 목소리를 가다듬었다.

"어사께선…… 그 이야기를 어떻게 알고 있소?"

"낙안거사가 직접 내게 해준 말이오."

"토린결 동맹인들은 서로 믿지 않는다고 들었는데 그가 어떻게 당신을 믿고 그런 말을 했소?"

윤상일이 희미하게 웃었다.

"안경수와 내가 의견 다툼으로 몸싸움을 했을 때 서로의 탈이 떨어졌소. 우리의 얼굴이 드러나자 가까이에 앉아 있던 낙안거사는 불구대천의 원수가 누구인지 알게 되었소. 내가 얼굴을 가리고 도망치는데 낙안거사가 붙잡았소. 그리고 자신의 정체와 안경수 때문에 당한 과거를 소상히 이야기해 주었소.

그는 나를 좋게 보았고 모임에서 빠질 기회를 주고 싶다고 했소. 토린결에 몸담고 있긴 했지만 내가 여태껏 주창한 학설은 힘든 백성들을 도탄에서 구하려는 데 있었으니까요. 낙안거사는 내게 분명하게 이야기했소. '당신만이 이 썩어빠진 작자들 가운데서 유일하게 살리고 싶은 사람이오, 오늘부터 여기 나오지 마시오, 조만간 이 작자들은 피바람을 맞이하게 될 거요'라고 말이오."

"그럼 그자가 벌써 행동을 개시했을 수도 있단 말 아니오?"

"그렇지는 않소."

"어째서?"

"다른 동맹인 하나가 붙잡혔기 때문이지요."

"그건 나도 들은 바 있소. 대체 그 사람은 왜 붙잡혔소?"

"안경수처럼 철이 없기 때문이지요."

"무슨 소리요?"

이응수가 눈썹을 구겼다. 윤상일은 조금씩 득의만만했다.

"그자는 거창의 현령이었소. 첩을 다섯 명이나 거느리는 색골로 소문났는데 그렇게 비밀유지를 하라는 맹세에도 불구하고 애첩에게《귀경잡록》에 나온 방중술을 귀띔한 거요. 애첩은 다른 친구에게 얘기를 했고 다른 친구는 또 다른 친구에게 얘기해 말이 새어나가 붙잡힌 것이지요. 경계가 심해지고 단속이 강화되자 낙안거사는 거사를 이루지 못하고 당분간 숨어 지내고 있소."

"거창 현령은 토린결에 관해 불지 않았겠소?"

이응수가 걱정스런 기색으로 물었다.

"그자는 걱정할 것 없소이다. 주리를 아무리 틀어댄들 뭐 하나 아는 게 있어야지요. '파군성의 약초' 같은 음란한 비법에만 관심이 있던 바보일 뿐이오. 오히려 위험한 건 낙안거사예요. 동맹인들을 감시하고 몰래 뒤를 캔 건 그 자뿐이오."

윤상일이 고개를 가까이 들이댔다.

"지금까지 드린 이야기는 일절 거짓이 아니오이다."

"믿을 수 없는 얘기로군."

이응수가 고개 들어 윤상일의 얼굴을 요리조리 뜯어보았다.

"나를 의심하시는 겁니까? 내가 그 노비였다면 나이가 훨씬 더 들었을 텐데요."

"아직도 나를 안경수라고 생각하고 있소?"

이응수의 목청에 떨림이 있었다.

"나만이 낙안거사를 은밀하게 만날 수 있소이다, 사또! 그자를 없애버려야만 우리 모두가 안전합니다. 내가 죽일 수 있어요. 원한다면 같이 가셔도 좋소이다. 안경수한테서 내 탈만 돌려받는다면 나는 기꺼이 그 일을 떠맡겠소이다."

"그 안경수가 앞으로 모임에 나가지 않으면 아무 문제도 없는 것 아니오?"

"만약에 낙안거사의 제보로 토린결 전원이 검거되면 대질심문이 이뤄질 텐데, 안경수가 자신 있게 처신할 수 있다고 생각하십니까? 안경수에겐 15년 전에도 《귀경잡록》에 얽힌 비슷한 전과가 있어요. 무혐의로 풀려나긴 했지만, 세상에는 죽은 하녀를 살리기 위해 안경수가 실제로 책을 보았다고 주장하는 사람이 있어요. 의금부에 불려가 조사받는 것만으로도 그의 형님은 아마 그를 가만두지 않을 겁니다. 또 있소이다. 안경수는 토린결에서 불로장생에 관한 4언 고시를 여럿 남겼지요. 낙안거사는 그걸 모두 갖고 있어요. 아마 의금부에선 혐의자들의 개인문집을 압수해 글씨를 비교하고 문체도 비교할지 모르지요."

"나는 안경수가 아니야. 나를 그런 눈으로 보지 마시오."

"내가, 그리고 안경수가 처한 입장을 알려드린 거요. 미래는 어떻게 될지 아무도 모르오, 사또! 안경수는 지금 자신이 시뻘건 화로 위에 앉아 있는 걸 모르고 있단 말입니다."

"나는 믿지 못할 말을 늘어놓는 당신을 몰래 죽일 수도 있어."

이응수가 눈알을 번득였다. 윤상일은 이제 겁먹지 않았다.

"그러진 못할게요. 나 윤상일의 암행 감찰 경로는 영주와 섭주와 안동 세 고을이오. 신변에 무슨 일이 생기면 영주와 섭주의 백성은 내가 다녀갔음을 증언해 주겠지만, 안동에서는 아직 어사가 오지 않았다고 말하겠지요. 그럼 집중적으로 조사받는 곳은 당연히 이곳 섭주요."

"안동에 도착하기 전에 산적을 만났는지 알게 뭐요?"

"어제 사람을 시켜 조정에 몰래 편지를 보냈소이다. 이응수 사또를 만나 잘 대접받고 있다고 말이오."

"나는 아무것도 몰라. 나는 안경수가 아니야. 그리고 어사 당신은 스스로의 입으로 토린결이라고 했어."

"다 드러난 마당에 고집을 부리시니 마지막 방법을 써야겠군."

윤상일이 품속에서 작은 주머니를 꺼냈다. 거기서 나온 것은 검정색의 자그마한 환약이었다.

"그게 뭐요?"

"안경수가 그렇게나 갈구하던 것이지요."

이응수에게도 대충 감이 왔다. 그러나 내색할 수는 없었다.

"사또, 이게 바로 한 번 먹기만 하면 처녀 열 명을 상대할 수 있는 방중술의 약이오이다."

윤상일이 환약 하나를 이응수의 술잔에 하나는 자신의 술잔에 넣었다. 잔 속에서 소용돌이 같은 거품이 일면서 신비로운 광채가 솟았다. 잠시 향을 맡는 것만으로도 머릿속이 맑아졌다.

"독을 탔을지도 모르니 제가 먼저 마시지요."

윤상일이 술을 들이켰다.

"오늘 밤 가장 예쁜 기생을 품어 보십시오. 이 약의 효험이 거짓인지 아닌지요. 아, 내 방에도 한 아이 보내 주시고요. 이 약이 마음에 드신다면 저는 안경수 대감께 30근쯤 구해드릴 용의가 있습니다. 물론 그 전에 먼저 내 탈을 돌려받아야 하겠지만요."

그날 밤 사또는 미모가 절색인 관기 매화를 품고 잠자리에 들었다. 윤상일을 경계하느라 신경이 끊어질 정도의 저녁 시간을 보냈으나, 술을 마신 순간 말로 설명할 수 없는 편안함이 몰려

들었다. 이렇게나 기분 좋은 취기는 처음이었다. 격랑하는 푸른 바다를 마치 구름 위에 올라앉아 내려다보는 기분이었다. 매화의 손가락 하나가 몸에 슬쩍 닿았을 뿐인데도 그는 사춘기 소년처럼 격심하게 흥분했다. 주체할 수 없는 성욕이 등천했다. 매화가 도리질을 하기도 전에 이웅수가 그녀를 덮쳤다.

그는 새벽까지 매화를 놓아주지 않았다. 걱정거리가 더 이상 떠오르지 않아서 그런지 아무리 방사를 치뤄도 성욕은 꺾이기는커녕 상승하기만 했다. 피로하지도 않았다. 오히려 스무 살이나 어린 매화가 땀으로 범벅이 되어 혼절하고 말 정도였다. 그럼에도 이웅수는 행위를 멈추지 않았다. 교접 뒤의 허탈함은 사라지고 오로지 극락만이 존재했다. 여섯 번이나 몸을 섞은 후에야 이웅수는 쓰러져 달콤한 잠에 빠지고 말았다.

이웅수는 꿈을 꾸었다.

나무도, 풀도, 산도 없는 불모지의 땅에 서 있는 꿈이었다. 흙색깔이 검었다. 길 끝에 매화를 닮은 여자가 서 있었다. 이웅수가 눈을 가늘게 뜨고 바라보니 그 여자는 매화가 아니라 그에게 처음으로 여자를 알려준 하녀 삼월이였다. 삼월이는 이리 오라고 손짓하며 옷고름을 풀었다. 이웅수도 손을 흔들며 마주 달렸다. 그 순간 거대한 뱀 같은 것이 검은 땅을 뚫고 나와 하늘까지 치솟았다. 꿈틀거리는 그것은 마디가 지고 미끌미끌한 촉수였다. 수백 개의 촉수가 땅을 파헤치고 솟아 온 사방에서 요동쳐 시야가 막혔다. 촉수는 나무보다 커지고 태산만큼 높아져 태양을 가리고 어둠을 몰고 왔다. 삼월이가 고개를 젖히고 웃었다. 이응수가 삼월이를 불렀다. 삼월이의 얼굴이 말뚝이탈로 바뀌었다. 눈구멍 사이로 살점이 터지고 허연 물이 뿜어져 나왔다. 빈 목구멍 안에서 웃음은 계속되었다. 촉수는 더욱 새카맣게 늘어나 천지를 뒤흔들며 버둥거렸다.

이응수는 비명을 지르며 일어났다.

새벽녘에 다시 잠든 이응수는 더 이상 꿈을 꾸지 않았고 간밤의 악몽을 기억하지도 못했다. 눈을 뜨니 아침이었다. 머리가 맑고 깨끗했다. 술을 마시지 않고 긴 시간 숙면을 취한 것보다 더 가뿐했다. 바깥으로 나가 기지개를 켜는데, 옷을 갖춰 입은 어사가 이방과 이야기를 나누고 있었다. 그러자 지난 저녁의 기억이 한꺼번에 떠올랐다.

"벌써 일어나셨소?"

"예. 갈 길이 급하여 일찍 준비를 하였습니다."

"정말 오늘 떠나시려오?"

"예."

윤상일은 둘만 들을 수 있는 낮은 목소리로 얘기했다.

"제가 떠나도 뒤에서 딴짓은 안 할 테니 아무 걱정 안 하셔도 됩니다."

"잠깐만! 잠깐! 잠깐 얘기 좀 합시다."

"여기 말고 다른 곳이 어떻겠습니까?"

기다렸다는 듯 윤상일이 말했다.

"어디가 좋겠소?"

"공동묘지는 어떨까요? 드릴 말씀도 있고……."

"음, 좋소이다. 일단 아침부터 먹고 봅시다."

콩나물과 쇠고기를 듬뿍 넣은 해장국으로 아침을 때운 이응수는 세수를 마친 후 관복을 입고 출행채비를 마쳤다. 윤상일의 말이 진실이라면 그를 그대로 보낼 수는 없었다. 15년 전의 마당쇠가 정말로 살아 있다면 이는 무시할 수 없는 화근이었다.

이응수는 윤상일을 데리고 공동묘지로 갔다. 건장한 포졸들이 멀찌감치 떨어져서 나무 그늘 아래 대기했다. 허튼짓을 말라는 이응수의 엄포였다.

아침부터 날씨가 습해 무더웠다. 태양과 먹구름이 간격을 두고 되풀이해 나타났다.

"어제 드신 약술의 효험은 보셨습니까?"

"음……, 보았소!"

이응수가 대답했다. 어제 필생의 염원을 이룬 그는 경계심이 느슨해진 반면 욕심이 커져가고 있었다. 사태를 명확히 바라볼 필요가 있었다. 마당쇠도 죽이고 싶고 삼십 근의 약초도 얻고 싶다. 어사의 말이 진부 사실이라면 그를 시켜 마당쇠를 세거하는 일도 한 번쯤 생각해 볼 만했다.

"그게 정말《귀경잡록》에 나온 파군성의 약초란 말이오?"

"그렇소이다."

"대체 어떻게 구한 거요?"

"그건 말씀드릴 수 없소."

"왜요?"

"공정한 거래가 아니니까요."

"그래요? 뭐 어쨌든 덕분에 어젠 극락을 오갔소이다."

"명심하세요, 사또. 약효는 단 일회에 그친다는 걸."

"그게 정말이오?"

이응수가 눈을 동그랗게 떴다.

"대신 저의 집에 30근이 더 있지요."

30근! 이응수는 흥분을 감추려고 노력했다.

"대체 탈을 왜 그리도 돌려받길 원하시오?"

"그 말씀은 안경수 대감께 탈을 돌려받아주실 수도 있단 말이오?"

"어사께 드릴 수야 있겠소만 박순탁에게는 건네줄 수도 있지."

드디어 윤상일의 얼굴에 날카로운 미소가 그려졌다.

"사또께서는 제가 왜 나라에서 금하는 학문에 깊게 파고드는지 아십니까?"

"백성들을 도탄에서 구하기 위함이라 하지 않았소?"

"바로 그거요. 우리는 어젯밤 천국의 음락을 맛보았지만, 백성들은 지금도 헐벗고 굶주리고 병으로 죽어가고 있어요."

"그래서, 시체들을 살려 나라라도 뒤엎으시게?"

"모반을 할 계획이라면 사또께 이런 말씀을 드리지도 않았지요. 나는 신비의 요술로 획기적인 의술을 펼쳐볼 생각입니다."

"의술?"

"작년에 우리나라에 돌림병으로 죽은 사람이 얼마인지 사또는 아시오? 전국팔도에 2만 5천 명이 죽었다고 기록되고 있소만, 그 통계는 믿을 수 없는 것이오. 실제로는 더 많은 인구가 약 한 첩 못 써보고 죽었어요. 논과 들에는 치우지도 못한 시체가 즐비합니다. 사람들이 피기침을 토하고 신열에 시달려 시름시름 앓다가 죽는데, 어떤 명의도 이 질병의 원인을 알지 못하지요."

"흠, 섭주까지 전염되지는 않았지만 나도 잘 알고 있는 얘기요."

"백성들이 보호받지 못하고 죽어나가는 게 안타깝지 않습니까?"

"당연한 소리! 목민관으로서 내 백성들이 죽어나가는 꼴을 어찌 그냥 보고만 있을 일이오?"

"그래서 내가 《귀경잡록》을 공부한 것이에요. 귀갑자의 주술로 구암 선생(허준) 같은 분들을 살리는 한편, 갓 사망한 시신도 살려내 오장육부를 해부하면 천재의 이론에 근면한 실습이 더

해져 어떤 질병도 정복할 날이 온다 이겁니다."

"내가 공부한 기억에 의하면 귀갑자가 살리는 시신은 살인만을 일삼는다고 하던데……."

"다루는 방법에 문제가 있었던 거지요. 되살아난 시신은 주인의 명령에만 따를 뿐인데, 여태껏 시신을 깨운 자들은 침략의 욕구에 눈이 먼 반역자들이었지요."

"음, 그래요? 그래서 김도정의 묘를 관찰했구만. 원래 의술을 따로 공부하셨소?"

"30년 동안 공부해 왔소이다. 의술이야말로 공자나 맹자 말씀보다 더 가치가 있는 실사구시의 학문이에요. 김도정 선생은 내가 꼭 만나보고 싶은 의술의 천재지요."

"죽은 자가 다시 일어난다고 오장육부가 제 기능을 하는 건 아니잖소?"

"갓 죽은 자를 빨리 일으키면 질병이 오장육부에 어떻게 침투했다가 기능을 잃는지 정확하게 연구할 수 있어요."

"김도정을 살리면 이곳이 시끄러울 텐데?"

"걱정마세요. 섭주에서의 사또 임기는 이제 1년이 남았지요? 나는 사또께서 다른 곳으로 떠나신 후에 다시 이곳을 찾을 것이에요. 어제 김도정 선생의 묘 앞에 서 있었던 건 내가 박순탁이라는 암시를 사또께 드리기 위해서였지요."

"그 탈은 왜 기를 쓰고 찾으려 하는 거요?"

"시신을 살리는 절차는 아주 복잡합니다. 물과 불의 기운이 동시에 필요하며 별의 운행도 맞아떨어져야 합니다. 가장 중요한 건 주문을 읊는 구결인데 그걸 잊어버리고 말았어요."

"구결을 탈바가지 안에다 적어 놓기라도 했단 말이오?"

"맞아요."

이웅수가 이해한다는 듯 고개를 끄덕였다.

"안경수라는 자가 탈을 아직까지도 보관한다고 믿소? 버리지 않았겠소?"

"그 탈은 이계 세상의 물질로 만들어져 있어요. 내가 어떤 의식을 행하고 깊은 잠에 빠져들면 꿈속에서 귀갑자가 나타나 탈이 있는 곳을 알려 줍니다. 내가 계시를 받은 장소가 바로 섭주의 지하였어요."

"귀갑자는 어떻게 생겼소? 혹시 촉수를 가진 거대한 괴수는 아니오?"

"꿈을 꾸셨나 보군요? 그건 파군성의 약초를 재배하는 원린자들이에요. 어제 사또께 드린 약초는 인간에겐 정력을 강화시키지만 그들에겐 생명을 유지하는 기능을 줘요. 문곡성의 귀갑자는 뿔 달린 거북을 닮았지요."

"좋소……. 분명히 말하시오. 어제 낙안거사 이야기는 꾸며낸

게 아니겠지?"

"꾸며낸 이야기가 그렇게 앞뒤가 맞겠소이까? 죽어봐야 저 승 맛을 알겠소이까? 그를 제거하지 않으면 사또께는 큰 후환 이 되오."

마침내 이응수가 결심했다.

"좋소. 그럼 낙안거사의 목과 약초 30근을 가져오면 탈을 돌 려드리겠소."

"안 되오. 먼저 탈부터 돌려 주시오. 그러면 사또의 청을 들어 주리다."

"당신이 거짓말을 하는지 어떻게 알고?"

"낙안거사는 힘이 센 데다가 지략도 보통이 아니오. 당신이 예전에 알던 노비가 아니란 말이에요. 무슨 말인지 몰라요?"

"죽인다고 말은 해놓고 실천은 하기 어렵다는 얘긴가?"

"그렇게나 이해를 못 하시오? 힘센 시신을 여럿 살려내어 청 부살인을 해야 한단 말이오."

윤상일의 얼굴이 어두워졌다. 이응수는 눈을 가늘게 뜨고 말 했다.

"그 탈이 그렇게나 중요한 물건인지 몰랐구려. 당신이 원하던 물건을 받아가서 소식을 끊어 버리면 나는 어떻게 하오?"

"앞으로 사또는 볼 일이 없을지라도 대궐에 계신 형님은 수시

로 봐야 하오. 지체 높으신 이응방 대감께 잘못 보이면 내 목이
온전하겠소?"

"흠……."

이응수가 뒷짐을 졌다. 비가 오려는 듯 하늘이 우르릉거렸다.
윤상일이 이응수의 팔을 붙잡았다.

"지금 당장 갖고 있는 약이 열여덟 환이오. 원래는 스무 환이
었지요. 어제 이야기가 통했으면 전부를 선물로 드렸을 텐데, 칼
까지 뽑아 그 난리를 치는 통에 어쩔 수 없이 두 환을 같이 나눠
먹었던 게요. 자, 이 열여덟 환을 먼저 드리겠소. 나로서는 더 이
상 방법이 없습니다. 잘 생각해 보세요. 지금 이 순간에도 사또
가 15년 전에 옥에 처넣은 마당쇠는 이제 낙안거사의 이름으로
복수를 꾸미고 있어요. 그자는 나 혼자선 절대로 당해낼 수 없
는 자요. 창칼에도 죽지 않는 시신들만이 안전하게 그를 처치할
수 있어요. 괜히 호기 부리시다가 최후를 맞이하든지 아니면 나
의 제안을 현실적으로 받아들이시든지 양자택일하세요."

하늘이 또다시 우르릉거렸다. 이응수는 갈등했다. 체포된 토
린결 놈이 낙안거사이고 그놈이 불어서 어사가 나를 잡으러 온
건 아닐까? 아냐, 어제 그 약을 같이 먹었잖아.

정말 그 신비한 약이 30근이나 있긴 한 건가?

이래도 의심, 저래도 의심이었다.

그늘에서 나졸 하나가 달려왔다.

"사또!"

"무슨 일이냐?"

"심부름 보냈던 자가 돌아왔사옵니다."

"심부름?"

"큰대감마님 댁에……."

아차 그래! 내 지금까지 황소를 잊고 있었구나! 이응수가 무릎을 탁 쳤다.

"잠시만 실례하리다."

윤상일은 갑자기 바삐 걸어 나가는 이응수를 묘한 시선으로 바라보았다.

나졸들과 거리가 떨어진 나무 그늘 아래에 황소가 돌아와 있었다. 잠시도 쉬지 않고 달린 탓인지 온몸에서 땀 냄새가 진동했다.

"그래, 형님을 만나고 왔느냐?"

"예, 사또."

"마패가 진짜라고 하시더냐?"

"그러하옵니다."

"오호! 역시 윤상일이 암행어사가 맞다는 말이로구나."

"그렇지 않습니다요, 나리!"

"뭣이!"

"윤상일이란 자는 암행어사가 맞고 실제로 조정의 명을 받아 염찰을 한 관리라고 하셨습니다요. 허나 환쟁이 김춘각이 그린 초상화를 보여주니 대번에 말씀하시길, '이자는 윤상일이 아니다! 윤상일은 육십에 가까운 중늙은이야!'라고 하셨습니다."

"그게 정말이냐?"

"그뿐만이 아닙니다요. 얼마 전에 장호원의 첩첩산중에서 변사체가 발견되었는데 신원을 도통 알 수 없어 거기 사또께서 포도청에 수사를 의뢰하신 모양입니다요. 나중에 포도청 종사관들은 그 시신이 얼마 전 행방불명된 윤상일이라고 밝혀냈답니다요."

이응수가 크게 놀랐다.

그렇다면 섭주에 온 암행어사는 진짜 윤상일을 죽이고 마패를 빼앗은 가짜란 말인가.

"그리고 이건 큰대감마님께서 직접 써주신 것입니다요."

황소가 품속에서 풀로 단단히 붙인 서찰을 꺼냈다. 이응수는 세 겹이나 덧씌워진 봉투를 어렵게 찢고 안에 접힌 종이를 꺼내

들었다. 남의 손에 들어갈 상황을 우려한 듯, 편지는 이응방 이응수 형제만이 알 만한 암시로 가득 차 있었다.

"응수 잘 지내고 있느냐? 곧 말복이 다가오니 연로하신 부모님께 큰 개를 잡아 대접하여 간만에 가족 모두 모이는 기회를 가지자꾸나. 개 이야기를 꺼내자니 생각난 건데, 요 며칠 전에 북한산을 오르다 보니 개가 한 마리 나를 따라오더구나. 그 생김새가 너와 내가 15년 전에 알던 강아지와 너무나도 흡사하여 크게 놀랐단다. 놈은 나를 보고 무슨 원한이라도 있는 것처럼 으르렁거렸는데 다행히 주인이 와서 잡아 버렸다. 원래 광견병이 있던 개로, 죽이기 직전에 우리를 탈출했다고 하더구나. 떨어지는 기러기처럼 얼굴을 물에 처박아 죽였다 하니 혹시라도 내 걱정은 말거라. 비슷한 병에 걸린 개가 네 주변에도 있을 수 있으니 각별히 조심하길 바란다."

아! 이응수는 무릎을 꿇었다.

떨어지는 기러기란 바로 낙안(落雁)이 아니던가. 낙안거사는 실제로 존재하는 놈이다. 형님의 편지로 보아 낙안거사는 15년 전의 마당쇠 놈이 틀림없다. 윤상일의 말은 거짓이 아니었다. 다행히 처치까지 하셨다. 살아 있으면 이씨 가문에 해가 될 놈이니 서둘러 처단하신 게 틀림없다.

황소의 보고와 이응방의 편지까지 받아본 이응수는 가슴이 서

늘했다. 조금만 늦었으면 가짜 윤상일을 그대로 놓치고 말 뻔했다. 박순탁이 낙안거사 마당쇠와 동패일 거란 예감이 강해졌다.

두 놈이 어떤 관계인지는 명확하지 않다. 박순탁의 목적은 단순히 백성을 위해 시신을 살리려는 기특한 것일 수도 있지만, 사실은 이씨 집안을 파멸로 몰아넣기 위해 낙안거사와 공모한 것일 수도 있다.

이러지도 저러지도 못하던 이응수는 이제 판단이 제대로 섰다. 놈이 가짜임을 안 이상 어떠한 가능성에도 모험을 걸 필요가 없었다. 죽여서 입을 막는 것만이 최선의 방책이었다. 정력제 30근이 있다 한들 더 이상 머뭇거리면 안 된다. 약초 열여덟 개로 만족할 수밖에 없다.

'형님, 두 번 다시 가문을 위험에 빠트리는 일은 하지 않겠습니다. 못난 저 때문에 또 한 번 15년 전처럼 큰일을 해내셨구만요.'

그는 긴 숨을 토해내고 황소를 불렀다.

"수고했다, 황소야. 오늘 이후로 너는 천민이 아닌 양인이 된다. 내가 그렇게 만들어 주마."

놀라서 입을 벌리는 황소에게 그는 말했다.

"그 전에 마지막으로 할 일이 있다."

귓속말이 이어졌다.

이웅수가 어사에게 돌아왔다. 탈을 쓰고 꿈에 나타난 삼월이가 재수 없긴 했지만, 그 꿈에 촉수를 지닌 파군성의 원린자를 본 이웅수는 약초를 불신할 이유가 없었다.

"약초가 30근 더 있다는 게 정말이오?"

"제 탈만 돌려주신다면 전부 사또의 것입니다."

"이젠 나를 안경수로 인정하는구료."

"사또, 제겐 탈이 꼭 필요합니다."

"거긴 아무것도 안 씌어 있던데."

어사는 이웅수의 얼굴을 바라보다가 무슨 말인지 알고는 눈빛을 반짝였다.

"방 안에서는 보이지 않습니다. 주문의 구결은 밝은 햇살을 비추어야만 볼 수 있답니다."

"좋소! 까짓것! 탈과 약초가 물물교환 되면 그대와 나는 앞으로 모르는 사이요."

어사의 얼굴이 환해졌다.

"백골난망하겠나이다, 사또!"

"나를 따라오시오, 어사."

9

어사는 이응수를 따라 동헌 뒤편에 나 있는 오솔길을 걸었다. 벌레 소리 좋고 그늘이 시원한 산책로는 오르막으로 이어졌다. 살이 찐 이응수는 가쁜 숨을 몰아쉬면서도 척척 나아갔다. 어사는 갓을 뒤로 제치고 이응수의 걸음을 따르려 애썼다. 관아가 멀어지면서 둘은 노송 수십 그루가 하늘을 가린 첩첩산중까지 들어갔다. 긴 국유림을 지나치니 벌채를 해 놓은 평지가 있었고 곳집(창고) 여러 개가 줄지어 있었다. 대낮임에도 어두컴컴했다.

"여긴 어딥니까, 사또?"

"녹슬고 못 쓰는 창칼을 보관하는 곳이오."

어사가 팔뚝으로 이마의 땀을 훔쳤다. 습한 기운 때문에 날씨는 무더웠다. 두 사람뿐이었다. 이응수의 지시로 따라오는 사람은 아무도 없었다.

"우리가 들어갈 곳집은 저기요."

이응수의 손가락이 쓰러져 가는 폐가를 가리켰다. 음산한 폐가는 목재가 군데군데 튀어나왔고 벌레에 심하게 갉아 먹혔다. 거미줄투성이에 지붕까지 삐딱하게 기울었는데 굵은 나무빗장에는 구렁이 한 마리가 몸을 칭칭 감은 채 자고 있었다. 이응수가 돌을 던지자 놀란 구렁이가 바닥에 떨어져 바위틈으로 꼬리를 감추었다.

"어사의 탈은 여기 숨겨 놓았소."

"감사하오이다. 버리지 않으셔서."

"다 알고 왔잖소?"

이응수가 땀으로 범벅이 된 얼굴을 돌려 어사를 쳐다보았다.

"무얼 말이오니까?"

"귀갑자가 탈이 여기 있다고 가르쳐 줬다면서?"

이응수는 대답을 듣지 않고 빗장을 뽑아 던진 후 문을 열었다. 먼지구름이 피어나며 퀴퀴한 곰팡내가 진동을 했다. 부러진 데다 녹이 슬대로 슨 창칼이 여기저기 쌓여 있었다. 불 화(火)자가 새겨진 화재진압용 물동이도 무질서하게 놓여 있었다. 이응수가 겹겹이 쌓인 갑옷을 발로 밀어 치우자 사각형의 나무문이 나타났다. 누가 다녀갔는지 자물쇠와 사슬은 따로 떨어져 있었다.

"지하토굴입니까?" 어사가 물었다.

"그렇소."

이응수가 먼저 사다리를 타고 육중한 몸을 내렸다. 어서 내려오라는 소리의 울림으로 보아 굴은 꽤 깊어 보였다. 어사도 몸을 부딪치지 않게 조심하며 아래로 내려갔다.

토굴 속은 암흑천지여서 하나도 보이지 않았다. 요란하던 벌레 소리가 완전히 사라졌다. 무더위도 사라졌다. 대신 지독한 땀 냄새가 났다.

"사또, 어디 계시오?"

어사가 어둠 속에서 사또를 찾았다. 이웅수는 보이지 않았다. 어사는 여러 사람이 몸으로 내는 체온과 그들이 긴장 속에서 내뿜는 숨소리를 들을 수 있었다. 등롱이 켜지며 주위가 밝아졌다. 사또가 한가운데 서 있고 덩치가 큰 거한 세 명이 그를 둘러싸고 있었다.

"이 사람들은 누구요, 사또?"

"워낙에 귀중한 물건이라서 호위병들을 배치했소이다. 하하하."

어사는 몸도 마음도 바짝 긴장되었지만 침착하게 대꾸했다.

"내 물건만 받아가면 약속대로 사또께 평생 살아가는 재미를 안겨 드리겠소."

"그러시구려. 어사의 보물은 바로 등 뒤의 궤짝 안에 있소."

어사가 뒤를 돌아보았다. 시렁 위에 나무궤짝 하나가 놓여 있었다. 어사가 궤짝의 뚜껑을 열자 섬뜩하게 생긴 말뚝이탈이 나타나 주인을 쳐다보았다.

"드디어 찾았구나!"

막 탈에 손을 대려던 어사는 느닷없는 칼날 빛에 눈이 부셨

ZZZ

다. 어둠을 가르며 날아온 단도가 어사의 손등을 찍어버렸다.

"으아아악!"

등롱 몇 개가 더 켜졌다. 코앞까지 다가온 불빛으로 어사는 사람들의 얼굴을 제대로 볼 수 없었다. 단도는 손을 뚫고 기둥에 깊숙이 박혀 어사는 마치 박제된 짐승처럼 고정된 채 움직일 수 없었다.

"이자들이 바로 섭주의 범죄율을 올린 자들이오."

"이, 이게 무슨 짓이오, 사또! 어찌 이런 불량한 무리들과 어울려 나를 해치려 하시오!"

"닥쳐라! 너는 나랏법을 능멸하고 귀신의 학문을 갈고닦는 사도의 무리다. 치안을 유지할 목민관으로서 네놈을 어찌 가만둘 수 있겠느냐?"

"사또 역시도 토린결의 일원이잖소?"

"네놈을 잡아들이기 위해 일부러 꾸민 일이다."

"거짓말이다! 마음이 바뀐 거야. 나를 죽이면 입막음을 할 수 있다고 생각한 게냐! 아아악!"

어사는 황소가 휘두른 부엌칼에 왼손바닥마저 꿰뚫려 팔을 열 십 자로 벌린 채 몸을 움직이지 못했다. 양손에서 피가 주르륵 떨어졌다.

어사는 고통에 몸부림치다가 간신히 이성을 되찾은 얼굴로 이응수를 바라보았다.

"정말 목민관으로서 나라를 걱정한다면 내게 정당한 절차를 밟을 기회를 주시오."

"무슨 소리냐?"

"나를 의금부로 압송해 국법의 이름으로 조사받게 하란 말이오!"

"여기선 내가 주상전하야."

"후회할 짓은 하지 마시오!"

"후회? 흥, 너 같은 놈은 놔두면 백성들의 후환이 될 뿐이야."

"당신의 후환이겠지! 감히 주상전하께서 보내신 암행어사를 살해하려 들다니!"

"너는 어사가 아니야! 진짜 윤상일이는 죽었어."

"뭐라고?"

"진짜 윤상일은 이미 장호원에서 발견되었다. 박순탁! 네놈이 암행어사를 죽이고 마패를 빼앗았지?"

"장호원? 어사를 죽여? 그건 또 무슨 소리야?"

"여러 말 할 것 없다. 놈의 얼굴에 탈을 씌워라."

수하 하나가 박순탁의 말뚝이탈을 신주단지 모시듯 양손으로 들었다. 어사는 자신의 탈이 서서히 얼굴로 다가옴을 알았다. 곧 네 명의 악당은 탈의 눈구멍을 통해서만 보였다. 얼굴이 가로막

히자 그는 자신의 숨소리가 몹시 거칠어짐을 깨달았다.

"사또! 살려 주시오! 오해가 있는 모양이오."

"그래도 입이 산 놈이다. 얼굴부터 당장 못을 박아 버려라."

"사또! 사또어른! 약초 30근을 포기하려오? 낙안거사는 어찌구요? 그건 거짓이 아니외다!"

이응수는 사실 그에게 묻고 싶은 것이 많았다. 그걸 하나하나 물은 뒤 죽이는 게 나을 수도 있었다. 그러나 황소 일당은 전문 범죄자들이다. 박순탁을 죽이려면 그들이 필요한데, 놈들한테도 듣는 귀가 있고 떠벌릴 입이 있다. 부리고는 있지만 사실 믿지 못할 놈들이다. 머리 좋은 형님께서 이미 마당쇠 낙안거사를 처단했으니, 자신으로서는 어사가 섭주를 떠나기 전에 얼른 역적으로 몰아 입을 막아 버리는 게 최선의 방도였다.

황소가 바위에 구멍을 뚫는 커다란 정(釘)과 쇠망치를 손에 들었다. 수하 하나가 정을 받아 들어 말뚝이탈의 얼굴에 갖다 댔다.

"제발 살려 주시오! 뭐든지 하라는 대로 하겠소! 사또!"

"뭣들 하느냐! 냉큼 박지 않고!"

황소가 쇠망치를 휘둘렀다. 정은 탈바가지 안으로 들어가 나무기둥에까지 푹 박혀 버렸다.

"으아아아악!"

소름끼치는 비명이 지하토굴을 뒤흔들었다. 기둥에 붙어 버린 말뚝이탈 아래로 흐른 피가 어사의 흰 옷을 빨갛게 물들였다.

"놈의 숨통이 끊어질 때까지 계속 박거라!"

세 악당은 사또의 명이 떨어지기 무섭게 각자 쇠망치를 들고 어사의 팔다리 할 것 없이 모조리 못과 정을 박아 버렸다. 말뚝이탈 안에서 꺼져가는 비명이 흘러나왔다. 그것도 잠시, 못 박는 망치소리만이 가득할 뿐 어사는 더 이상 경련을 보이지 않았다. 가해자들이 정신을 차리고 보니 온 사방이 피 천지였다. 어사의 얼굴을 덮은 말뚝이탈은 실실 웃는 것처럼 보여 어둠과 폭력의 공간에서 한층 기괴하게 보였다.

"사또, 숨이 끊어졌습니다요."

황소가 말했다. 이응수는 뒷짐을 진 채 야소(예수)처럼 못 박힌 시신을 오랫동안 바라보았다. 등롱을 잡고 직접 여기저기 비춰보기까지 했다. 죽어버린 박순탁은 움직이지 않았다. 피비린내까지 섞인 지하의 악취는 대단했다. 바깥의 하늘에서 천둥소리가 들려왔다.

"비가 올 것 같구나. 아무도 모르게 놈을 공동묘지에 깊숙이 묻어라."

"예, 사또!"

황소와 수하들이 못을 뽑았다. 얼마나 세게 박았는지 잘 빠지지 않았다. 하나하나 뺄 때마다 피가 콸콸 쏟아졌다. 마지막으로 얼굴에 박은 정을 빼냈지만 탈은 떨어지지 않았다. 황소는 탈을 쓴 박순탁의 시체에 거적을 씌워 말았다. 소달구지에 시신을 실을 때까지도 흐르는 피는 멈추지 않았다.

그들이 공동묘지로 출발한 사이 이응수는 동헌으로 돌아왔다. 하루 종일 먹구름과 땡볕을 오가던 하늘이 완전히 캄캄해졌다. 소나기가 퍼부을 기세였다.

쿵쿵 뛰는 심장은 가라앉지 않았다. 이응수는 박순탁에게서 빼앗은 환약 하나를 물에 풀었다. 아스라한 빛이 솟고 물이 소용돌이쳤다. 단숨에 마셔 버리고 찬물에 목욕을 했다. 명주수건으로 몸을 닦는 사이 아랫도리가 잔뜩 일어섰다. 마음에 안정이 오며 걱정이 사라졌다. 다시 열아홉 살로 돌아간 기분이었다. 30근이 아깝기는 했지만 하루하루를 불안하게 보내는 것보다는 나았다.

대낮임에도 이응수는 기생을 두 명이나 불러 장시간 뒹굴었다. 삼월이조차도 이런 극락은 선사하지 못할 것이었다. 이승에서는 절대로 느껴보지 못할 초월적인 쾌락이었다. 섞이던 살이 서로의 몸속을 파고들어갔다가 다시 분리가 되고, 그 느낌이 온몸의 털끝 하나까지 고스란히 전달되었다. 그는 힘에 부쳐 도망치려는 기생들을 가혹하게 몰아붙였다. 두 여자는 눈물까지 흘려가며 사또의 해괴한 성충동을 받아들여야만 했다.

이웅수가 변태적인 교접을 멈춘 것은 급보가 왔다는 나졸의 고함이 있고 나서였다.

"방해하지 말라 일렀거늘 어떤 놈이냐! 목을 벨 놈 같으니라구!"

평소와 달리 그는 격노했다. 기생들이 겁에 질려 몸을 떨었다.

"한양 큰대감마님 댁의 파발이옵니다!"

"뭐! 형님께서?"

이웅수의 안색이 변했다. 그가 옷을 대충 입고 나오니 이웅방이 보낸 차인이 땅에 머리를 조아리며 보고했다.

"사또! 저의 대감마님께서 착오를 하셨다 합니다요. 장호원에서 죽은 사람은 어사 윤상일이 아니라 방랑시인 윤성일이라고 하셨습니다요. 얼마 전에 암행어사의 신분을 띠고 섭주로 내려가신 분은 내수사의 젊은 윤상일 대감이 맞다 하십니다요."

"뭐, 뭐라고! 형님께서 잘못 알고 계신 것이 아니냐? 왜 이조도 아닌 호조에서 암행어사를 보낸단 말이냐?"

"이조의 판서 하나가 최근에 돈을 받고 벼슬을 사고팔다가 적발되었다 합니다요. 그래서 주상전하께옵서 부정부패를 뿌리 뽑고자 이번에 특별히 내수사의 당하관으로 하여금 암행어사로 임명해 파견하셨다 합니다요. 내수사에서 오신 윤상일 어사라면 대궐에서 보낸 분이 틀림없다고 하셨습니다요."

"자기 입으로 이조에서 왔다고 했는데……."

이응수의 입에서 저도 모르게 혼잣말이 나왔다.

"어사 파견에 따른 반대 상소가 이조에서 거듭 올라오자 주상 전하께서는 그러면 내수사를 임시로 이조의 관할로 두겠노라며 중신들의 입을 막아버린 것입니다요."

이응수는 분노로 머리털이 곤두설 지경이었다.

"내가 보낸 사람한테 왜 진작에 얘기하지 못했느냐? 네가 섭주까지 와서야 내 이런 어처구니없는 보고를 들어야 한단 말이냐?"

"저의 대감마님은 사또께서 보내신 사람을 붙잡으려고 곧바로 저를 보냈사오나 그 황소라는 자가 조금도 쉬지 않고 돌아가는 바람에 제가 아무리 말을 달려도 따라잡지 못해 여기까지 온 것입니다요."

머리에 쇠망치로 얻어맞는 충격이 왔다.

큰일이다. 나는 암행어사를 죽였다!

기생이 장구로 흥을 돋우듯 하늘에서 천둥이 울렸다. 그러나 결코 비는 내리지 않았다.

10

이웅수는 모든 업무를 내팽긴 채 이틀 동안이나 머리를 싸매고 누웠다. 밥맛이 없고 머리가 아팠다. 십주에 암행어사가 왔다는 사실을 아는 이는 한둘이 아니다. 황소 일당도 이제 윤상일이 진짜 어사라는 사실을 안다. 그놈들이 쳐다보는 눈길이 심상치 않은 것도 이웅수에게는 고민거리였다. 평생을 같이하기엔 불안한 놈들이었다. 이놈들까지도 죽여야 하나?

"사또, 손님이 왔사옵니다."

이렇게 생각해도 답이 안 나오고 저렇게 생각해도 답이 안 나올 때 이방의 목소리가 들려왔다. 이웅수는 자기를 부르는 소리에도 간이 철렁했다.

"손님? 누가 왔단 말인가?"

"예, 이웃 고을의 김천락 대감께서 들르셨사옵니다."

"뭐야!"

김천락은 당파싸움에 연루되어 벼슬을 내놓고 고향인 안동으로 내려온 사람인데 그 벼슬이란 게 다름 아닌 호조참판이다. 열일곱에 장원급제해 대궐로 나아간 후 여러 왕을 겪은 그는 세상사 정치사에 닳고 닳은 여우다. 예순 나이에도 무서운 직관력을 지녔고, 노장과 신진을 아우르는 권력 실세 중 하나다. 현직에서 물러났다고는 하나 완전한 은퇴가 아닌 정치적 숨 고르기라는 소문이 자자하다. 형님과 사이도 안 좋은 이 영감탱이가 뜬금없이 여긴 웬일이지? 혹시 윤상일 때문은 아닐까?

이웅수는 서둘러 의관을 정제하고 바깥으로 나갔다. 동헌 앞마당에 고집불통처럼 보이는 노인이 굽신대는 섭주 향리들을 비아냥거리며 서 있다.

"참판대감! 여기까지 어인 일이십니까?"

이웅수가 허리가 꺾어지도록 인사를 올리다가 그만 사모(紗帽, 벼슬아치들의 모자)가 툭 떨어지고 말았다.

"자넨 예나 지금이나 사람이 칠칠치 못하구먼. 하긴 그게 능구렁이 같은 자네 형보다 자네를 더 좋아하는 이유이긴 하네만."

김천락은 이웅수의 위아래를 뜯어보다가 뺨에 새겨진 베개자국을 발견했다.

"한 고을의 수령이란 작자가 대낮까지 잠이나 퍼질러 자고 있었나?"

"아, 아닙니다. 몸이 좀 좋지 않아서……. 뭣들 하느냐? 어서 대감을 뫼시지 않고."

"아니 이 사람, 그러고 보니 자네 얼굴이 왜 그런가? 정말 어디가 안 좋은 겐가?"

"예, 고뿔이 좀 걸려서……. 금방 나을 것입니다."

두 사람은 사령들의 안내를 받아 객청에 올랐다. 이응수가 절을 올리며 물었다.

"날씨도 무덥고 흐린데 이 누추한 곳까지 어인 발걸음이십니까?"

"여기 윤상일이란 애가 오지 않았나?"

이응수는 깜짝 놀라 턱밑의 수염이 떨어지는 줄 알았다.

"아니…… 그런 이름은 처음 들어봅니다만……."

"그래? 이상하다. 지금쯤이면 섭주 감사를 마치고 안동에 닿아야 하는데, 기다려도 오질 않길래 내가 직접 와본 것이라네."

"가, 감사 말이옵니까요?"

어느 틈에 이응수는 말씨가 비굴해졌다. 김천락은 혼자 기분이 좋은지 불붙인 곰방대를 뻑뻑 피워댔다.

"지금은 내수사에서 말단 잡무를 보고 있지만 대성할 아이야. 진실로 백성을 위하는 관리이면서, 일할 때는 똑 부러지게 위아래 균형을 맞추는 새로운 세대란 말일세. 주상께서도 참 변덕이 심하시지. 내수사를 이조로 이관시키면서까지 상일이를 암행어사로 보내시지 않았겠나?"

"예……."

"아차! 내 정신 좀 봐라. 내 입으로 다 말해 버렸네. 아직 여기 암행어사가 도착하지 않았다고 했잖아."

232

"오지 않았지요."

등줄기에 땀이 솟아나 부채질이라도 하고 싶었다.

"내 거들먹거리는 응방이는 싫어하네만, 자네한테는 다 얘기해주지. 이번에 암행어사가 영주, 섭주를 거쳐 안동까지 감찰을 하는데, 내 입이 가벼워 아까 얘기했듯이 주상전하께 어사를 제수받은 사람이 바로 우리 호조의 윤상일이란 말일세. 영주 관아는 이미 상일이가 다녀갔다고 나한테 편지로 알려 주었어. 시간상으로 따지자면 지금쯤 섭주의 감사를 마칠 때인데도 아직 여기 오지도 않았다니 그 아이한테 무슨 일이 일어난 건 아닌지 걱정이네."

김천락이 표정을 굳히며 얼굴을 바짝 들이밀었다. 이응수가 기겁했다.

"왜 그러십니까, 대감!"

"자네 이마 말일세. 땀방울로 가득하잖아."

"모, 몸살 때문이올시다."

"이 사람이 오뉴월에 몸살은 무슨. 일은 안 하고 기생질만 하나."

김천락은 거침없이 쏘아붙였다.

"암행어사 이야기가 나와서 말인데, 내 특별히 섭주에 대한 감사를 철저히 하라고 지시를 내렸다네. 자네 형! 나이도 어린 사람이 거만을 떨고 말이야. 주상의 총애를 좀 받았기로서니, 어디 평생 갈 세도도 있다 하던가? 응? 내 말 잘 유념해 두게."

그랬구나! 윤상일이 정말 이곳 감사를 잘 봐준 것이었구나. 탈만 돌려주면 그냥 간다는 말은 거짓이 아니었어!

이웅수는 형식적으로 고개를 끄덕이며 계속 공동묘지에 파묻힌 윤상일 생각만 하고 있었다.

"웅수!"

"예?"

"내가 빨리 돌아가길 바라는 겐가?"

"아, 아닙니다요!"

"그럼 어째 그리 말이 없어?"

"모, 몸이……."

"늙은이 앞에서 끝까지 몸 타령이야! 내가 여기 온 목적이 상일이 하나뿐인 줄 아나?"

"마…… 말씀하시옵소서."

이웅수의 간이 콩알만 해졌다. 김천락이 작게 얘기했다.

"자네한테 섬사주(蟾蛇酒)가 있다면서?"

섬사주는 뱀이 두꺼비와 서로 물고 뜯어 다툴 때 붙잡아서 담그는 귀한 술이다. 이웅수는 돌아갈 생각을 안 하는 영감탱이에게 울상을 지었지만 김천락의 눈썹은 꿈틀거렸다.

"대답이 없단 말이지? 아이구 허리야, 날도 꾸물꾸물한데 또 어찌 안동까지 말을 타고 갈꼬? 그래, 자네가 나를 귀찮아하는 기색이 역력한데 원한다면 가 주지. 내 오늘 일을 반드시 기억해 두겠네!"

"왜 이러십니까요!"

이응수가 체면도 잊고 늙은이의 다리를 붙들었다. 김천락은 이응수가 호조참판을 겁내 깨갱거리는 꼴에 소리죽여 웃었다.

"한잔하셔야지요, 대감."

"허허허. 응수 이 사람아. 자네가 나를 아무리 보내고 싶어도 이젠 갈 수 없게 되었네. 저 하늘을 보게. 세상에 저런 먹구름도 다 있나?"

이응수가 눈을 커다랗게 떴다. 그것은 찻잔에 파군성의 약초를 넣었을 때처럼 소용돌이 모양으로 몰려오는 거대한 먹구름이었다. 저렇게 재수 없는 먹구름은 태어나서 처음이었다. 이응수는 파멸이 몰려오는 예감에 불안했다.

객청 마루에 급하게 술상이 차려지고 기생 둘이 불려오자마자 비가 시작되었다. 굵은 장대비로 동헌 마당이 금세 물바다가 되었다.

"우중일배주(雨中一杯酒)라, 좋구먼."

섬사주를 맛본 김천락의 기분은 좋아 보였다. 이응수는 아무리 마셔도 술이 취하지 않았다.

"자네 형 말일세. 얼마 전에 여기를 다녀갔다지?"

"그것도 알고 계셨습니까?"

"내 귀에 비밀은 없다네."

김천락이 귀를 두들기며 이응수를 바라보았다. 윤상일이처럼 이 영감탱이도 이상한 소리로 암시를 주는 것만 같다. 에잇 재수 없는 영감 같으니라고. 하필 여긴 왜 와서…….

"왜 왔다던가?"

"예? 뭐가요?"

"이 사람이……. 정신을 어따 두고 있나? 응방이 말야."

형은 이야기했었다. 곧 암행어사가 일제 단속을 한다, 매사 조심해야 한다.

"예……. 곧 있으면 노모의 생신이라서 그 일을 의논하러 다녀가셨습니다."

"승승장구하는 사헌부 장령께서 왜 그렇게 도둑놈처럼 몰래 다녀갔다던가?"

술이 들어가자 김천락이 대놓고 이응수의 신경을 긁는다. 둘

사이에는 행방이 묘연한 암행어사라는 공통분모가 있으니 말 조심을 해야 했다. 이응수는 마당에 철철 넘치는 빗물을 보다가 말했다.

"대감! 이 비가 이상하오이다. 아무래도 홍수가 날 것 같은데요."

"이 사람이! 어디서 말을 돌려 파흥(破興, 흥을 깨트림)을 해?"

그때 나졸 하나가 비를 맞으며 뛰어왔다.

"아뢰오!"

"무슨 일이냐?"

"강우에 둑이 무너지고 집 두 채가 무너졌나이다."

"그것 보십시오, 대감!"

이응수가 벌떡 일어났다.

"그것뿐이 아닙니다, 사또! 장대비에도 꺼지지 않는 이상한 불길이 공동묘지에 치솟았다는 신고도 들어왔사옵니다."

일어난 이응수가 다리에 힘이 풀려 주저앉았다. 김천락은 그 같은 모습을 놓치지 않았다.

"처마 밑에 놓은 불을 잘못 보고 저러는 게지." 김천락이 술을 들이켰다.

"마, 맞사옵니다! 대감! 틀림없이 그럴 것입니다!"

"아니옵니다, 사또! 묘지의 한가운데에 불길이 불가사리 모양으로 타오르고 있다 하옵니다."

"어허! 보, 보, 본관이 호조참판을 모시는 자리이거늘 네 어디서 헛것을 보고 잡소리를 해대느냐! 썩 물러가 이방한테 지시를 받고 수재민의 구호에 힘을 다하라!"

나졸이 겁에 질려 물러갔다. 이웅수는 장대비가 내리퍼붓는 하늘의 시커먼 구름을 보고 겁에 질렸다. 그 모양이 또아리를 트는 뱀의 형상처럼 보였기 때문이다. 더욱 무서운 건 이 비가 단순한 소나기가 아니라는 점이다. 묘지의 흙이 파헤쳐지기는 시간문제였다.

"자네 입으로 호조참판을 모신다는 말을 들으니 좋군, 웅수."

"당연한 말입지요!"

"불난리에 헛것을 보는 건 몰라도 물난리에 헛것을 보는 경우는 처음이로군."

"그렇습니다. 아무래도 제가 한번 가봐야……."

"앉아! 웅수!"

김천락이 싸늘하게 말했다. 기생의 거문고 연주가 멎었다.

"혹시 상일이가 이미 여길 들렀던 것은 아닌가?"

"아닙니다! 암행어사께선 섭주에 오시지 않았습니다."

"자네 주머니에 그 종이, 혹시 마패를 찍은 건 아닌가?"

김천락의 손가락이 이웅수의 아랫도리를 가리켰다. 며칠을 충격 속에 지내다 보니 바지춤에 넣어 두고도 잊어 버렸다. 아차 싶었으나 이미 늦었다. 접힌 종이는 기생의 손에 의해 김천락에게로 건너갔다.

"마패의 탁본이 맞군!"

김천락은 의심이 가득한 눈을 이옹수에게로 두었다.

"아뢰오!"

물에 빠진 생쥐 꼴을 한 또 형방이 달려왔다. 갓은 어디서 잃었는지 온데간데없고 옷도 다 찢어졌다. 이옹수가 뭐냐 소리치며 일어섰다.

"백성들의 원성이 빗발치고 있사옵니다!"

"저런! 부서진 집이 더 생겼구만!"

"아닙니다, 사또! 무덤 속에서 소리가 들려온다 합니다."

"어허, 이것들이 실성을 했나? 무덤에서 무슨 소리가 난단 말인가?"

"공동묘지의 땅속에서 주문을 외우는 요상한 소리가 들려온다 합니다! 백성들이 불안에 떨고 있습니다. 흙이 파헤쳐져 떠오른 시신도 있습니다."

이옹수가 이때다 싶어 김천락을 돌아보았다.

"대감! 사태가 위중하니 제가 가 보고 오겠습니다!"

"오도방정 떨지 말고 앉아! 옹수, 수령의 행동은 태산처럼 무거워야 해! 그보다 이 탁본에 대한 설명부터 해줘야지! 자넨 내가 허락할 때까지 여기서 한 발짝도 나갈 수 없네!"

이웅수는 오도 가도 못할 난감한 입장에 처했으나, 한 가지 묘안을 생각해내고는 기생을 밀치고 김천락의 곁에 바짝 붙어 앉았다.

"좋습니다. 설명해 드리지요. 너희들은 잠시 물러가 있거라."

기생들이 물러가자마자 그는 한 손으로 탁본지를 크게 펼쳤다. 비바람에 휘어지는 종이를 김천락이 붙잡았다. 이 틈에 이웅수는 탁본지 아래의 술잔에 '파군성의 약초' 두 알을 넣었다. 술잔에서 치솟은 빛이 종이를 환하게 물들였다.

"뭐야? 이 빛은?"

김천락이 탁본지를 치웠으나 빛은 사라지고 없었다.

"대감마저도 헛것을 보셔선 아니 되옵니다."

"아냐, 방금 반딧불 같은 빛을 보았는걸. 어디서 좋은 향기도 나는군."

그는 잠시 주위를 두리번거리다가 다시 탁본에 시선을 주고 해명을 요구했다.

"사실 암행어사가 돈다는 말은 일찍이 소인도 들은 바 있사옵니다. 허나 가짜 암행어사가 하도 많아서 마패로 식별하기 위해 미리 탁본을 떠둔 것이옵니다."

"이제 실토하는군. 어사가 오는 걸 알고 있었단 말이잖아?"

"형님께서 가르쳐 주셨지요."

"그런데 왜 나한테는 모른다고 했나?"

"대감께서 저의 형님을 좋아하시지 않으니까요."

"이건 내가 가져가겠네."

김천락이 탁본지를 접어 품에 넣었다.

"자네는 거짓말을 하고 있어, 응수. 나는 섭주에 닿자마자 바로 관아로 온 게 아니야. 이곳 백성들은 상일이와 비슷한 사람이 이미 섭주에 왔단 사실을 내게 알려 주었어."

"섭주는 외지인들이 하루에도 수십 명씩 들락날락하는 교통의 요충지입니다. 천한 것들 말을 다 믿으십니까?"

"천한 것들을 믿지 않아. 하지만 자네는 더 믿을 수 없는 작자야. 상일이는 분명히 섭주에 왔단 말이야."

"대체 왜 이러십니까? 형님이 미워서 이러시는 겁니까?"

하늘에서 요상한 음향이 울려 퍼졌다. 그것은 짐승의 포효 같기도 하고 사람들이 원망 끝에 내지르는 통곡 같기도 했다. 먹구름 중앙에 뻥 뚫린 여백은 흡사 사람의 얼굴, 정확히 말해 말뚝이탈처럼 보였다. 그 구름으로부터 세상을 집어삼킬 듯한 대홍수가 쏟아졌다. 콰쾅 천둥이 칠 때 구름의 여백이 도깨비의 눈처럼 번쩍거렸다. 이응수가 어이구! 하면서 저도 모르게 신음을 토했고 기고만장하던 김천락조차도 그 모습에 겁먹어 몸을 움츠렸다. 가까스로 정신을 차린 노인은 망신을 당했다고 생각했는지 잔을 들어 술을 죽 들이킨 뒤 자세를 바로잡았다. 그러나 목소리는 겁에 잔뜩 질려 있었다.

"이보게 응수. 이 비가 쉽사리 멎지 않을 모양일세."

"그렇다니까요! 자, 그럼 제가 목민관으로서 현장에 다녀와도 되겠습니까?"

"관헌들이 모두 나가 있잖은가?"

"공동묘지에 시신까지 떠오른다는 판에 수령인 제가 어찌 가만히 앉아 있겠습니까? 직접 현장에 가서 재해구호를 독려해야지요."

"그럼 난 그동안 뭘 하라고?"

이응수는 쫓아 보냈던 기생들을 다시 불러들였다.

"내가 다녀올 때까지 참판 대감을 잘 모시거라."

여자를 보자마자 예순을 넘은 김천락이 갑자기 입을 떡 벌리고 동작을 멈추었다. 그는 뭔가 이상하다는 듯 눈을 깜빡거렸는데 이내 뺨이 발갛게 상기되고 입에서는 뜨거운 숨이 쏟아졌다. 벌떡 일어난 그는 기생 춘홍이를 덮쳐 강제로 입을 맞추었다. 술상 앞에서 여인을 넘어뜨리고 체면도 잊은 채 온몸을 더듬기 시작했다.

"그래, 웅수! 얼른 갔다 오게! 나는 여기 있을 테니! 얼른 가! 얼른……."

됐다! 약효가 발휘됐다!

이 찢어 죽일 영감탱이! 나한테 이제 급소 잡힌 거야! 호조참판이 대낮에, 그것도 사람들 다 보는 마룻바닥에서 딸 같은 아이를 안고 뒹굴다니!

이웅수가 멸시하는 눈길로 김천락을 노려보는데, 갑자기 노인이 가슴에 손을 올리며 숨을 헐떡였다.

"갔다 와……. 으윽!"

"아니! 대감! 왜 이러십니까! 대감!"

"갔다 와……. 으으…….”

"대감!"

"웅수! 나를 살려줘! 숨을…… 못 쉬겠어!"

"대감! 정신 차리세요! 큰일 났구나! 대감!"

"으으윽! 살려 주게…….”

"여봐라! 게 아무도 없느냐!"

김천락의 노구가 징그러운 경련을 일으켰다. 기생들이 비명을 지르며 도망쳤다. 그녀들이 디디는 마당엔 빗물이 고여 첨벙 첨벙 소리가 났다. 이웅수는 주위가 한밤처럼 깜깜해졌으며 구멍 뚫린 하늘에서 퍼붓는 빗줄기가 동헌을 집어삼킬 정도로 거세졌음을 알았다. 그의 품에 안긴 노인의 몸이 축 늘어졌다.

"여, 여봐라! 황소야! 아무도 없느냐?"

아무도 이응수의 대답에 호응하지 않았다. 동헌은 텅 비었다. 김천락이 데리고 왔던 시종들도 보이지 않았다. 인기척이라곤 느껴지지 않았다. 오로지 요란한 빗소리만이 가득했다.

날은 더욱 깜깜해져 한 치 앞을 볼 수 없었다.

서서히 발소리가 들려왔다. 물을 밟는 첨벙첨벙 소리는 금세 수십, 수백 개로 늘어났다. 폭우에도 느리게 다가오는 발소리는 텅 빈 감각으로 가득했다.

번개가 번득이면서 주위가 밝아졌다. 그러자 이응수는 비를 맞으며 동헌으로 들어오는 사람들을 볼 수 있었다. 고개를 숙인 채, 비를 피할 생각도 없이 느리게 걸어오는 무리였다. 이응수는 나졸들과 관헌들이 돌아온 줄만 알았다. 곁에 누군가 있다는 것이 이렇게 안심이 될 수가 없었다. 그러나 번개가 사라지자 터벅터벅 걷는 이들의 모습은 다시 어둠 속으로 묻혔다.

"피해 상황을 보고하라! 아, 그보다 호조참판께서 급변을 당하셨다! 당장 의원을 불러라!"

무서운 적막이 동헌에 가득했다.

"왜 대답들이 없는 게냐? 무슨 일이냐?"

천둥이 내리쳤다. 이응수는 검은 하늘을 찢는 이상한 번개를 보았다. 난생처음 보는 뒤틀리고 꼬인 그 번개는 이 세상의 것과는 전혀 달랐다.

"대답하라! 모두 쳐 죽이기 전에!"

파팟 하는 섬광이 일었다. 동헌의 한가운데에 불가사리 모양의 불길이 치솟아 주위를 시퍼렇게 밝혔다. 퍼붓는 비에도 불길은 끄떡없었다. 때를 같이 하여 온 마을에서 개들이 짖고 고양이들이 울어댔다.

"아악!"

김천락의 시신을 떠민 이웅수가 엉덩이를 끌며 물러났다. 동헌 마당은 많은 사람으로 가득 차 있었다. 서 있을 자리가 없음에도 그들은 줄을 지어 터벅터벅 걸어 들어왔다. 누런 수의로 몸을 감싸 얼굴을 드러낸 자는 없었지만, 그중에는 세월에 마모되어 얼굴 자체가 없는 자들도 있었다. 이웅수는 썩어들어 간 그들의 살갗과, 이미 백골이 되었거나 반 백골이 된 그들의 얼굴을 볼 수 있었다. 홍수는 불가사리 모양의 불을 꺼트리지 못했으나 대신 그들의 몸을 뒤덮은 무덤의 흙을 씻어 내렸다.

"네, 네놈들은 뭐냐!"

이웅수가 바닥을 기어 사랑채로 들어갔다. 어둠 속이라 수월치 않았지만 가까스로 검을 찾은 그는 비틀거리는 걸음을 옮기다가 술잔을 밟고 대청마루 한가운데 나동그라지고 말았다.

그 사이 물샐 틈 없이 동헌 마당을 채운 시체들의 집단 앞에는 한 사람이 나서고 있었다. 그는 온몸에 박힌 못의 흔적으로 자세가 불편했고 옆으로 꺾인 고개를 바로 세우지도 못했지만 지도자의 기백으로 당당했다. 신을 넘어서려는 불손한 욕망 때문에 그는 백성들을 도탄에서 구하겠다는 꿈을 이루지 못하고 죽었지만, 대신 부활의 베풂으로 백성들을 죽음으로부터 건져 냈다. 말뚝이탈 때문에 위대한 참 목민관의 얼굴을 확인할 수는 없었다. 영원히 보여 주지 않겠다는 맹세인 듯 그가 쓴 말뚝이 탈에는 어린아이 팔뚝만 한 정이 단단히 박혀 있었다.

움직이는 시신들은 쏟아지는 비에도 아랑곳없이 느린 걸음으로 사또에게 접근해 왔다. 말뚝이탈의 휘어진 고개가 뚜두둑거리며 제 자리로 돌아왔다. 굳어버린 팔이 힘겹게 위를 향하면서 이응수를 가리켰다. 이응수는 최후가 왔음을 직감하고 천천히 고개를 끄덕였다. 이응수는 사상 최대의 공포를 잊고 싶어 주머니에서 꺼낸 환약을 모조리 입에 털어 넣었다. 말뚝이탈 안에서 꿈에도 잊을 수 없을 박순탁의 목소리가 터져 나왔다.

"암행어사 출두요!"

이응수의 눈과 귀, 코와 입으로부터 눈부신 섬광 줄기가 뿜어져 나왔다. 장검을 떨어트린 그는 가죽 안의 내장이 활활 타는 고통에 머리를 붙잡았다. 온몸의 구멍이란 구멍마다 새어 나온 섬광이 어둠의 구석구석을 반딧불처럼 밝혔다. 무덤을 뚫고 나온 자들은 서두르지 않고 그의 앞에 다다랐다. 이웅수는 머리가 터진 삼월이가 자신을 쳐다보며 웃는 걸 보았고 말뚝이탈을 쓴 윤상일의 얼굴에 구멍이 뻥 뚫리는 광경을 보았다. 엄청난 길이의 촉수가 여기저기서 몸부림쳐 이 세상을 잠식했다. 낙산거사의 북청사자탈이 촉수의 틈을 젖히고 이 쪽을 노려보았을 때 이웅수의 머리는 폭발했다. 뇌수와 살점을 휘날리며 이웅수의 육중한 몸은 바닥을 뒹군 후 축 늘어졌다. 살아난 시체의 대군이 그를 에워쌌다. 이들 대부분은 흉년에 굶어 죽거나 돌림병으로 죽은 자들이었다. 그들의 입이 탐관오리 이웅수를 물어뜯어 먹기 시작했다.

박순탁의 말뚝이탈은 이 같은 식인 잔치를 멀리서 지켜보았다. 그리고 그 옆에는 깨끗한 수의를 입고 자세가 속되지 않은 오래된 백골 하나가 서 있었다. 그는 살아 있을 당시 백성들에게 칭송받던 섭주의 의원이었다. 백골은 결코 의미를 모를 시선을 백성들에게 두다가 이윽고 박순탁을 향해 고개를 끄덕였다.

둘은 쏟아지는 비를 맞으며 어딘가로 걸어갔다.